Schuster · Zwischentief

Gaby Schuster

# Zwischentief

Loewe

Die Deutsche Bibliothek - CIP-Einheitsaufnahme

*Schuster, Gaby:*
Zwischentief/Gaby Schuster.
1.Auflage - Bindlach: Loewe, 1993
ISBN 3-7855-2603-2

3-7855-2603-2 - 1.Auflage 1993

Umschlagillustration: Marlis Scharff-Kniemeyer
Gesamtherstellung: Wiener Verlag, Himberg bei Wien
Printed in Austria

# 1

Es war spät. Sehr spät sogar. 23 Uhr 30, um genau zu sein. Nicht die Zeit, die Eltern begeistert, wenn sie ihrer Tochter eingeschärft haben, daß sie pünktlich um zehn zu Hause sein muß.

Lena Dominick wußte es. Trotzdem hielt sich ihr schlechtes Gewissen in Grenzen. Wer verläßt eine Party, die gerade erst richtig in Schwung kommt? Eine richtige Party, kein Kinderfest!

Sogar jetzt war sie noch in Gedanken bei Pepsi und ihrer Fete. Petra Maiberger war seit Schulbeginn vor zwei Wochen ihre Banknachbarin. Sie wiederholte die neunte Klasse in einer Ehrenrunde, da sie weder für Mathe noch für Latein viel übrig hatte. Dafür war sie in allen Dingen, die Spaß machten, auf dem laufenden. Ihr Vater besaß eine Getränkevertriebsfirma, und den Spitznamen Pepsi hatte sie bereits vom vorjährigen Versuch, die neunte Klasse zu bewältigen, mitgebracht.

Pepsi war schon sechzehn, und sie sah noch älter aus. Sie paßte so richtig in die irre Clique mit den Schülern aus der elften und zwölften Klasse, die heute abend bei ihr gefeiert hatten. Die Einladung an Lena war aus heiterem Himmel gekommen. Ein Geschenk, ein ganz besonderer Freundschaftsbeweis, denn sonst war niemand aus der Neunten dabei.

Ablehnen kam nicht in Frage, obwohl Lena in den letzten Monaten einen Bogen um die üblichen Geburtstagspartys gemacht hatte. Genau seitdem es eine unausgesprochene Verpflichtung geworden war, mit seinem

Freund oder wenigstens einem halbwegs passablen Jungen zu kommen.

Aber Lena hatte keinen Freund. Manchmal war sie sich deswegen schon vorgekommen, als fehle ihr so etwas Lebenswichtiges wie ein Bein oder ein Arm. Zumindest taten die Mädchen in ihrer Klasse so, und einige der Jungen machten das Spiel eifrig mit.

Ihre Klassenkameraden waren ihr einfach zu albern, und die Größeren, die Abiturienten aus der Dreizehnten zum Beispiel, die kümmerten sich nicht um Mädchen aus der Neunten. Ehe sich Lena jedoch mit einem aufdringlichen Schwachkopf wie Timo Winterstedt abgab, der eine Bank hinter ihr saß, blieb sie lieber allein.

Pepsi fand das völlig okay. „Bring deine grauen Zellen deswegen nicht in Unordnung“, hatte sie gesagt. „Es werden sicher auch ein paar Jungs solo auf meiner Fete sein. Die sind froh, wenn mal ein neues Gesicht auftaucht.“

Die Schummerbeleuchtung im Maibergerschen Partykeller hatte alte und neue Gesichter in das gleiche rötliche Licht getaucht. Die voll aufgedrehte Stereoanlage verhinderte längere Gespräche, aber die Stimmung war super. Lena hatte ein paar Mal mit einem Typ aus der elften Klasse getanzt, den sie vom Sehen kannte. Aber als es immer später wurde und seine Hände nicht mehr nur auf ihren Schultern blieben, hatte sie sich blitzartig daran erinnert, daß es Zeit wurde heimzugehen.

Die zehn Minuten von der Bushaltestelle in den Sonnenblumenweg lief Lena wie auf Wattewolken, den Kopf noch ganz voll von der Musik und dem Gelächter. Um ein Haar wäre sie über eine Katze gestolpert, die unmittelbar vor ihren Fußspitzen aus einer dichten Hecke herauszischte. Im letzten Moment unterdrückte Lena einen Schrei, dann mußte sie lachen. Wie albern, wegen einer Katze so zu erschrecken. Das lag nur an Mamis ängstlichen Ermahnungen.

Komm pünktlich heim! Laß dich nicht ansprechen! Mach einen Bogen um verdächtige Gruppen und aufdringliche Kerle! Ständig nervte sie Lena mit Ratschlägen. Als ob sie ein hirnloses Kindergartenmädchen wäre! In drei Wochen wurde sie fünfzehn! Sie konnte wahrhaftig auf sich selbst aufpassen!

Trotzdem ging Lena jetzt schneller. Eine Straßenlaterne markierte die elterliche Garageneinfahrt. Sie bog ein und fischte nach längerem Suchen den Hausschlüssel aus ihrer Umhängetasche. Nun mußte sie sich eine gute Entschuldigung einfallen lassen.

Mami war mit Sicherheit noch wach. Ob Dad daheim war, wußte sie nicht. Es kam oft vor, daß sein Arbeitstag bis Mitternacht dauerte. Geschäftsessen, Überstunden, Reisen. Ein Reizthema für ihre Mutter. Wenn sie auf Ehemann und Tochter gewartet hatte, sah es schlecht für Lena aus. Doppeltes Warten bedeutete meist auch doppelte Vorwürfe.

Lena machte einen großen Schritt über den klappernden Metallrost vor der Haustür und schloß leise auf. In der Diele war es dunkel. Es roch nach Zuhause und frisch aufgebrühtem Kaffee.

Kaffee? Um diese Tageszeit? Erst jetzt hörte Lena die Stimmen. Gedämpftes Gemurmel. Eine leise Bemerkung ihrer Mutter, die dunklere Antwort des Vaters. Beide daheim. Und beide vermutlich auf sie wartend. Sie verdrehte die Augen im Dunkeln und wäre am liebsten wieder umgekehrt.

Eine schmale Lichtbahn aus dem Wohnzimmer bewies, daß die Tür offenstand. Wetten, daß Mami dieses Stück Gang ständig im Auge behielt? Keine Chance, ihr Zimmer ungesehen zu erreichen. Na dann, auf in den Kampf!

„Lena, bist du das?“

Die übliche Frage. Wer sonst besaß einen Hausschlüssel für den Sonnenblumenweg Nummer elf, dachte Lena wütend. Wie sie diese ständige Kontrolle verabscheute! Warum wurde sie erst fünfzehn und nicht auch schon achtzehn?

Sie holte tief Atem und schlenderte auf das helle Rechteck zu. Den nächsten Satz hatte sie schon bis auf das Fragezeichen geahnt: „Weißt du eigentlich, wie spät es ist, Kind?“

„Tut mir leid, ich habe den Bus verpaßt.“ Lena versuchte es mit der Nummer eins der üblichen Ausreden. „Das Kino hat ein bißchen länger gedauert. Ich geh’ gleich ins Bett. Gute Nacht!“

Für die Eltern war sie nämlich im Kino gewesen. Partys mitten unter der Woche standen bei Dominicks auf der Verbotsliste. Manchmal kam Lena mit einer Mischung aus Schwindelei und gespieltem Gehorsam durch, heute anscheinend nicht. Ihr Vater stellte seine Kaffeetasse auf den Unterteller neben das halbleere Kognakglas.

„Wir haben auf dich gewartet, Lena, weil wir dringend etwas mit dir besprechen müssen.“

„Jetzt?“

Sie wußte nicht, was sie mehr überraschte: daß ihre Ausrede keinen Widerspruch herausforderte oder daß

Dad kurz vor Mitternacht eine Familienkonferenz abhalten wollte.

„Jetzt", bestätigte er geduldig. „Deine Verspätung war nicht eingeplant, aber ich muß ab morgen für drei Wochen bei einem Lehrgang für einen Kollegen einspringen. Bitte setz dich."

Was war da im Busch? Eine Grundsatzdiskussion zum Thema Rechte und Pflichten in der Familie? Okay, sie war anderthalb Stunden zu spät, aber deswegen gleich so ein Aufstand? Lena beobachtete ihre Mutter aus den Augenwinkeln. Renate Dominick sah müde aus, nicht so schick und attraktiv wie sonst, obwohl ihre dunklen Haare perfekt frisiert waren und der grüne Hausanzug neu sein mußte. Sie war 38, und normalerweise wirkte sie zehn Jahre jünger. Heute nicht.

Lena spürte, daß sich ihr Magen zusammenzog. Sie hatte mit einem Schlag Angst, ohne genau zu begreifen, wieso. Am liebsten wäre sie aufgestanden und in ihr Zimmer geflohen. Wovor? Sah sie Gespenster?

„Lena ... also ... ich ..."

Lena stutzte. Seit wann stotterte Dad? Ausgerechnet der charmante, intelligente Peter Dominick? Er leitete EDV-Seminare und war ein gesuchter Dozent für Fachschulungen. Wenn es darauf ankam, konnte er reden wie ein Lexikon! Wie ein mehrbändiges!

Lena fing den vielsagenden Blick auf, den ihre Eltern wechselten. Schlagartig wußte sie, daß es um mehr gehen mußte als um ein Zuspätkommen. Plötzlich fror sie, obwohl sie noch ihre Jacke trug.

„Dein Vater und ich wollten dir heute sagen, daß wir uns trennen, Lena!" Die spröde, leise Stimme ihrer Mutter dröhnte in Lenas Ohren wie eine zu weit aufgedrehte Stereoanlage. Aber ihr Verstand weigerte sich, das Gesagte einzuordnen.

„Trennen? Wieso?" murmelte sie. „Wegen deiner angekündigten Reise, Dad?" Der lässige Kosename, den sie seit dem ersten Jahr Englisch eingeführt hatte, klang heute gar nicht so locker wie sonst. Unsinn. Dad verreiste ständig, das war nichts Ungewöhnliches. Manchmal kam es ihr sogar vor, er wäre öfter unterwegs als zu Hause.

„Wir trennen uns endgültig", wiederholte Renate Dominick behutsam, aber unmißverständlich. „Nicht für kurze Zeit. Für immer. Wir gehen auseinander!"

„Ihr meint Scheidung?" platzte Lena heraus und starrte ihre Eltern an. Sie erlaubten sich einen Scherz mit ihr, oder? Eine besonders unmögliche Strafe dafür, daß sie zu spät gekommen war? Konnten sie so geschmacklos sein?

„Scheidung." Ihr Vater nickte. „Wir haben uns diesen Entschluß sehr schwer gemacht, Lena. Aber es ist der einzige Weg für uns beide, damit wir wenigstens Freunde bleiben können!"

„Freunde!" Lenas Stimme überschlug sich fast. „Ich will meine Eltern, keine Freunde! Das ist doch wohl nicht euer Ernst!"

„Doch, Lena. Wir ziehen den Schlußstrich unter eine Ehe, die seit Jahren keine mehr ist. Du weißt, wie viele Auseinandersetzungen es in der letzten Zeit gab. Du hast dich oft genug darüber beschwert, daß wir uns zuviel streiten. Wir können und wollen so nicht weitermachen. Bitte sieh das ein. Das ist für alle die beste Lösung!"

Die Erklärung ihrer Mutter sollte beruhigen, aber erreichte genau das Gegenteil. Lena wurde nur noch wütender. Wie kamen sie dazu, ihr so etwas anzutun? Welches Recht hatten sie, einfach lässig dazusitzen, Kognak und Kaffee zu trinken, Reden von Freundschaft und Verständnis zu halten und gleichzeitig die Welt ihrer Tochter auf den Kopf zu stellen?

„Seid ihr verrückt geworden?“ fragte sie schroff.

„Kleines, diese Nachricht kann kein solcher Schock für dich sein. Es ist unmöglich, daß du unsere Probleme nicht schon längst mitbekommen hast. Es sei denn, du hättest die Tatsachen mit Gewalt verdrängt!“

Lena starrte ihren Vater an. Daß er die Wahrheit sagte, machte alles nur noch schlimmer. In diesem Moment haßte sie ihn so heftig und leidenschaftlich, daß sie selbst darüber erschrak. Er schien es in ihren Augen zu lesen.

„Wir verstehen, daß du zornig und traurig bist. Wir sind es auch“, appellierte er weiter an ihren guten Willen. „Aber weil wir uns einmal sehr gerne gemocht haben, möchten wir fair und gerecht auseinandergehen. Jeder von uns muß für sich selbst einen neuen Anfang machen. Das ist schwierig, jedoch immer noch besser als Verbitterung und Zank. Ich denke, du bist alt genug, um diese Gründe für unsere Scheidung zu respektieren.“

Worte. Nichts als hohle Worte. Lena dröhnte der Kopf. Dafür war sie also alt genug. Weder für Discos und Feten noch für einen festen Freund, aber für eine Scheidung! Elternlogik.

„Und wenn ich keinen Bock drauf habe?“ zischte sie provozierend.

Diesmal rügte sie niemand für ihre Ausdrucksweise. Die lieben Erzeuger waren auf dem Verständnistrip. Versüßen wir der Kleinen die bittere Pille, lassen wir ihre

Ausrutscher durchgehen. Gedanken wie diese schossen durch Lenas Kopf.

Doch Renate und Peter Dominick waren noch nicht fertig.

„Es gibt da ein paar Veränderungen, die auch dich betreffen “, begann Lenas Mutter wieder.

„Veränderungen?“ Alarmiert horchte Lena auf. „Was denn noch? Wollt ihr mich in ein Internat abschieben, damit ich euch aus dem Weg bin?“

„Rede bitte keinen Unsinn!“ Ihre Mutter verlor langsam die Geduld. „Du bist unsere Tochter und niemandem im Weg! Selbstverständlich wirst du bei mir bleiben. Du wirst dich schnell an die neue Umgebung gewöhnen, warte es nur ab! Du hast ja immer darüber geschimpft, daß wir so weit draußen leben und daß du viel lieber in der Stadt wohnen würdest ...“

Die geschnitzte Standuhr auf dem Flur dröhnte. Mitternacht. Lena zählte automatisch die Schläge. Sie hätte alles dafür gegeben, jetzt in ihrem Bett zu liegen und dieses schreckliche Gespräch nur zu träumen.

„In der Stadt“, flüsterte sie heiser. „Soll das heißen, wir ziehen um?“

„Ja, Lena! Ich werde wieder arbeiten“, lebhaft beugte sich ihre Mutter vor und sprach schnell weiter. „Ich habe eine Wohnung für uns beide am Herzogpark gefunden. Ruhig und trotzdem zentral gelegen. Ab ersten November arbeite ich wieder als Anwaltssekretärin. Peter nimmt sich ein Apartment in der Nähe seiner Firma. Das genügt ihm, er ist ja doch die meiste Zeit unterwegs.“

Die ständigen Reisen ihres Vaters waren der Grund für den Dauerstreit zwischen den Eltern gewesen. Seine Vorträge überall in der Welt und die ausgedehnten Seminare, während Renate Dominick in dem großen, neuen Bungalow saß und auf ihn wartete. Manchmal, wenn Lena schon kurz vor dem Einschlafen war, hatte sie die Auseinandersetzungen bis unter ihre Decke gehört. Eifersucht, Vorwürfe, Tränen.

Erst im nachhinein fiel ihr auf, daß diese stürmischen Kräche in der letzten Zeit seltener geworden waren. Jetzt wußte sie warum ...

„Wir müssen ausziehen? Weshalb?“ fragte sie verwirrt. „Das Haus hier gehört uns doch?“

„Wir vermieten es.“ Ihre Mutter klang, als wäre sie darüber sogar erfreut. „Es ist nur eine Belastung für mich. Diese riesigen Räume, die ständig geputzt werden müssen, obwohl die Hälfte der Zeit kaum jemand daheim ist. Nächstes Jahr, wenn das Gericht dann die Scheidung ausgesprochen hat, können wir uns um den Verkauf kümmern.“

„Nächstes Jahr?“ wiederholte Lena mit einem winzigen Funken Hoffnung. „Dann laßt ihr euch gar nicht sofort scheiden?“

„Wir müssen uns an das Gesetz halten, Kind“, erläuterte Peter Dominick. „Es schreibt vor, daß Rena und ich ein Jahr lang getrennt leben müssen, ehe über die endgültige Auflösung der Ehe verhandelt werden kann.“

„Eine reine Formsache, da wir uns beide einig sind“, fügte ihre Mutter hinzu. „Schau nicht so entsetzt, Lena. Bis auf den Umzug bleibt für dich alles beim alten. Du besuchst dieselbe Schule, behältst deine Freundinnen, deinen Töpferkurs und die Jazzgymnastik. Auch deinen Vater siehst du genauso selten wie bisher ...“

„Rena ...“

Lena registrierte zufrieden, daß die scheinbare Harmonie zwischen den Eltern Grenzen kannte. Doch warum spielten sie ihr dann überhaupt etwas vor?

„Das habt ihr euch ja fein ausgedacht“, fauchte sie böse. „Wie lange habt ihr an dem Plan hinter meinem Rücken schon gestrickt? Ihr stellt mich vor vollendete Tatsachen! Ich muß nur kuschen und brav sein! Zu sagen oder zu entscheiden habe ich in der ganzen Sache keinen Piep!“

„Du bist ungerecht, und du weißt es!“

Wäre Lena nicht so ungeheuer wütend gewesen, der traurige Ton ihrer Mutter hätte sie zum Einlenken gebracht. So aber siegte ihre Erbitterung. Am liebsten hätte sie irgend etwas gepackt und um sich geschlagen. Geschrien. Geweint. Zerstört. Das wäre wenigstens ehrlich gewesen und nicht so verdammt heuchlerisch wie die Selbstbeherrschung ihrer Eltern. Lena ballte die Fäuste und kämpfte gegen die aufsteigenden Tränen.

„Wir haben dich lieb, Lena!“ Peter Dominick legte alle Überzeugungskraft in seine Worte. „Aber nicht einmal für dich können wir mit unserer Ehe weitermachen. Es würde zu weit führen, dir alle Einzelheiten zu erklären. Aber du kannst uns vertrauen. Wir haben keine leichtsinnige Entscheidung getroffen. Es ist das Beste für uns alle!“

Lena traute ihren Ohren nicht. Was für eine fadenscheinige Erklärung! Das Beste für wen? Für sie nicht! Sie schoß aus dem Sessel hoch.

„Das ist nicht wahr!“ schrie sie mit überkippender Stimme. „Wenn ihr mich lieben würdet, dann würdet ihr euch nie und nimmer scheiden lassen. Euch ist egal, was ich fühle! Ihr denkt nur an euch selbst. Du bist nur für deinen Job und deine Seminare da, und Mutter hängt die gefrustete grüne Witwe zum Hals heraus! Alles andere ist euch viel wichtiger als ich, erzählt mir doch nichts!“

Sie spürte, daß sie ihre Tränen nicht länger zurückhalten konnte. Aber das würde sie ihnen nicht zeigen. Heulen? Vor diesen beiden? Nie und nimmer!

Sie machte auf dem Absatz kehrt und lief hinaus, den Gang entlang in ihr Zimmer. Sie riß die Tür auf und schlug sie mit aller Gewalt von innen wieder zu. Der Knall dröhnte vermutlich den ganzen Sonnenblumenweg entlang.

Als er verebbte, senkte sich Stille über Nummer elf. Absolute Stille. Lena fragte sich, ob sie damit gerechnet hatte, daß ihr jemand nachlief. Daß Dad und Mami sie um Verständnis, Verzeihung oder Versöhnung baten. Aber niemand kam. Sie ließen sie allein. Allein mit dieser unfaßbaren, unglaublichen Neuigkeit, die ihr ganzes Leben aus der Bahn warf.

Sie machte Licht. Im hohen, schmalen Spiegel an der Kleiderschranktür betrachtete sie sich. Vor wenigen Stunden hatte sie sich so flippig wie möglich angezogen. Weite Chiffonbluse über einem schwarzen Top, ihre Jeans mit dem breiten Gürtel und Schnallenschuhe. Dazu gerade so viel Wimperntusche und Lipgloss, daß ihre Mutter keinen Protestschrei erhob. Sie hatte älter aussehen wollen. Erwachsener, schicker. Mindestens wie sechzehn, siebzehn.

Jetzt verlief die Wimperntusche, und die halblangen, widerspenstigen dunklen Locken bildeten einen wilden Rahmen um das blasse, schmale Gesicht mit den grauen Augen. Sie schaute gräßlich aus. Lena ertrug das Bild nicht länger. Sie löschte das Licht und hockte sich mit angezogenen Knien auf die Fensterbank.

Was war nur in ihre Eltern gefahren? Rena und Peter Dominick. Plötzlich kein Paar mehr, sondern ein Mann und eine Frau, die in verschiedene Richtungen davonliefen und eine Familie zerstörten. Sie stand in der Mitte zwischen ihnen und wußte nicht, wohin.

Lenas Gesicht war naß. Weshalb die Tränen abwischen? Niemand sah sie. Sie legte den Kopf auf die Knie und weinte.

# 2

„Hey, noch mal langsamer, zum Mitschreiben: Deine Geburtstagsparty für die Clique fällt ins Wasser, weil ihr nächste Woche umzieht? Wie das denn? Ist deiner Mutter eure Sauna zu klein?“

Selbst Pepsis Ironie konnte Lena nicht aufheitern, denn trotz aller Überredungskünste war ihre Mutter eisern geblieben. „Keine Party, Lena! Wir können nicht zwei Tage, ehe der neue Mieter einzieht, deine halbe Schulklasse durch das Haus toben lassen. Ich kann von Glück sagen, wenn die Maler rechtzeitig fertig werden. Danach gehe ich kein überflüssiges Risiko mehr ein. Dafür mußt du Verständnis haben!“

Langsam konnte Lena das Wort Verständnis nicht mehr hören. Verständnis für die Nervosität ihrer Mutter, für Vaters schnelle Abreise, für ein kleineres Zimmer ohne Balkon, für ein neues Leben ...

„Mir ist nicht nach blöden Witzen“, seufzte sie. Es fiel ihr immer noch schwer, über die ganze Sache zu reden. Zwei Wochen schleppte sie die Neuigkeit schon mit sich herum, ohne ein Wort darüber zu verlieren – nicht einmal Pepsi hatte sie etwas gesagt. Sobald sie es aussprach, bekam es eine Realität, die sie ihm gerne verweigert hätte. Aber jetzt mußte es heraus. „Bei uns hängt der Haussegen gründlich schief. Ich bin total aus dem Hemd! Meine Eltern wollen sich scheiden lassen ...“

„Wow! Mal ganz was Neues!“ Pepsi schaukelte auf dem zurückgekippten Stuhl und pustete eine Strähne ihrer langen blonden Mähne aus der Stirn. Zusammen mit den riesigen Ohrclips und dem gekonnten Make-up paßte sie eher in ein Modemagazin als in die 9c des Dante-Gymnasiums.

„Erzähl!" Sie beugte sich gespannt vor. „Weshalb das hausgestrickte Familiendrama? Hat dein Vater ein Verhältnis mit seiner jugendlichen Sekretärin, und deine Mutter ist ihm drauf gekommen?"

„Du spinnst doch", fauchte Lena unterdrückt. Die Klasse wartete gerade auf den Erdkundelehrer. Lena wollte nicht, daß die anderen etwas von ihren Problemen mitbekamen. „Mein Vater ist schließlich kein Playboy. Wenn du mich fragst, geht der ganze Knatsch von meiner Mutter aus. Sie hat die totale Midlife-Panik. Hausfrauenfrust, verstehst du! Sie will wieder arbeiten, Erfolg haben und ihr eigenes Leben führen. Was bei diesem Selbstverwirklichungstrip aus mir oder meinem Vater wird, ist ihr piepegal. Sie denkt nur an sich!"

„Reg dich ab!" Pepsi zog den engen Rippenrolli glatt, damit ihre Figur besser zur Wirkung kam. „Was glaubst du, wie oft meine Mutter schon mit Scheidung gedroht hat? Alles nur Wind, damit mal wieder ein Schmuckstück oder eine Reise über den Tisch des Hauses geht ..."

Über Pepsis Eltern konnte sich Lena kein Urteil erlauben. Die hatte sie auf der Party nicht zu Gesicht bekommen. Die eigene Regierung konnte sie jedoch ziemlich genau einschätzen.

„Da kennst du meine Eltern schlecht", seufzte sie. Endlich konnte sie jemandem ihr Herz ausschütten. „Sie haben alles gemanagt, ehe sie mir Bescheid gesagt haben. Das Haus ist schon vermietet, die Umzugskisten bestellt, und Vater hat sein Apartment bereits bezogen. Das Trennungsjahr ist voll verplant, und danach wird nur noch der Besitz geteilt. Bloß ärgerlich, daß sie nicht auch mich teilen können. Aber dann würden sie sich vermutlich um das Stück von mir raufen, das keinen Mund hat und deswegen nicht widersprechen kann."

„Ein echter Hammer!" Pepsi zog die Unterlippe zwischen die Zähne. „Paß auf, daß du bei der Gelegenheit auf keinen Fall untergebuttert wirst, Herzchen. Solange deine Eltern auf dem Papier zusammengehören, muß dein Alter für alles löhnen. Laß uns deinen Fünfzehnten doch mit allen Schikanen im Crash feiern. Das ist sowieso witziger als diese öden Kellerpartys, auf denen Papi und Mami immer nach dem Rechten sehen! Wenn dein Erzeuger das richtig schlechte Gewissen gegenüber der nagelneuen Scheidungswaisen hat, läßt er die Kohle dafür sicher springen!"

Lena schwieg verunsichert. Manchmal fragte sie sich, ob Pepsi ihr einen ernstgemeinten Rat gab oder ob sie sich nur über sie lustig machte. Aber warum sollte sie das tun? Sie waren doch befreundet. So eng sogar, daß sie kaum noch die Zeit fand, sich um Andrea und Sybille zu kümmern, die bisher ihre engsten Vertrauten gewesen waren. Außerdem waren Andi und Bille gegen Pepsi die reinsten Babys. Bei ihnen gab es keine tollen Feten, und abends weggehen konnte man auch nicht mit ihnen.

„Hey, komm, zieh die Mundwinkel nach oben! Heb dir die Leichenbittermiene für deinen Vater auf, dann kriegst du jederzeit sein Okay!"

Lena hatte ihre Zweifel. So verlockend der Gedanke an eine Geburtstagsparty in Pepsis Lieblingsdisco war, sie wußte schon jetzt, was ihr Vater dazu sagen würde. „Keine Discoabende, ehe du nicht sechzehn bist, Kleines! Schon mal was vom Jugendschutzgesetz gehört?"

„Die hüpfen alle beide im Quadrat, wenn ich das nur vorschlage", seufzte sie abgrundtief. „Wenn's hoch kommt, lädt mein Vater mich zur Feier des Tages zum Pizzaessen ein, damit hat sich's dann."

Im hintersten Winkel ihres Herzens wußte Lena, daß sie ihren Eltern unrecht tat. Aber was machten sie denn mit ihr? Hatten sie sich vielleicht um ihre Gefühle oder gar ihre Wünsche gekümmert, sich gefragt, ob sie fair mit ihr umgingen?

„Pech für dich." Pepsi zuckte lässig mit den Schultern. „Wird Zeit, daß du dich von der Leine deiner Altvorderen langsam abnabelst, Kindchen! Ist ja nicht mit anzusehen, wie du dich tyrannisieren läßt. Man sollte glatt Amnesty International einschalten ..."

Lena bastelte noch an der richtigen Antwort für diese gönnerhafte Empfehlung, als Studienrat Günther das Klassenzimmer betrat. Der Stundenbeginn machte dem geflüsterten Gespräch ein Ende.

Erdkunde gehörte nicht gerade zu Lenas Lieblingsfächern, aber so desinteressiert wie heute war sie selten. Sie war völlig in ihre Gedanken vertieft. So sehr, daß sie weder das Klassenzimmer sah noch das Gemurmel ihrer Mitschüler registrierte. Von Studienrat Günther und seiner Geographiestunde ganz zu schweigen.

Die letzten beiden gräßlichen Wochen spielten sich wie ein Film vor ihrem inneren Auge ab. Die Tüchtigkeit, mit der ihre Mutter das Zuhause, in dem sich Lena wohl gefühlt hatte, auflöste und in beschriftete Kisten verpackte, war erschreckend. Es schien, als könne ihr alles nicht schnell genug gehen. Sie kam Lena erleichtert, geradezu gutgelaunt vor. Als sei eine Last von ihr genommen.

Eine Last, die dafür auf ihren, Lenas, Schultern gelandet war. Warum sollte sie ihr altes Spielzeug aussortieren, ihre Bücher in Kartons packen und sich entscheiden, welche Möbel sie mitnehmen wollte? Sie hatte nicht darum gebeten, aus einem hübschen 25-Quadratmeter-Zimmer in eine halb so große Bude umzuziehen. Es war ihr auch egal, daß es dort Einbauschränke gab und sie im Sommer selbst davon gesprochen hatte, ihren Kinderkram auszumisten.

Erst heute morgen hatte es wieder eine Auseinandersetzung gegeben. „Du bist wirklich keine Hilfe!“ hatte ihr Rena Dominick vorgeworfen. „Glaubst du, es ist so einfach für mich, alles zu organisieren und pünktlich abzuwickeln?“

„Niemand zwingt dich dazu“, war Lenas knappe Antwort gewesen. „In meinen Augen ist es purer Schwachsinn, das alles hier für drei Zimmer, Küche, Bad und einen stressigen Job aufzugeben.“

„Wenn du deinem Vater und mir richtig zugehört hättest, wüßtest du, warum ich es tue! Aber zur Zeit redet man bei dir sowieso gegen eine Wand ... Ich würde mir so sehr ein bißchen mehr Solidarität und Freundschaft von dir wünschen ...“

Lena hatte sich bemüht, den flehenden Unterton zu ignorieren. „Solidarität? Wo bleibt denn eure Solidarität für mich? Für euch bin ich nur ein lästiges Anhängsel, das ihr am liebsten auch in einen Karton stecken würdet, damit es nicht im Weg herumsteht!“

„Lena Dominick, es wäre sehr entgegenkommend von

dir, wenn du am Unterricht teilnehmen würdest. Vielleicht kommst du mal bitte an die Karte vor ..."

Dem unterdrückten Gekicher der anderen zufolge, mußte Studienrat Günther schon geraume Zeit mit ihr reden. Lena spürte, daß ihr die Röte in den Kopf stieg. Sie hatte nicht die Spur einer Ahnung, was er von ihr wollte. Die Karte vorne zeigte Ostasien, aber das war auch schon alles, was sie mit Sicherheit sagen konnte. Nach einigen peinlichen Minuten und diversen erfolglosen Fragen gab er es wieder auf und notierte eine zweifellos miserable Note in sein kleines schwarzes Heft.

„Mach dir nichts draus!" tröstete sie Pepsi nach Schulende. Sie kümmerte sich weder um ihre noch um Lenas Noten. „Wen interessieren schon die Bodenschätze von Kaschnukistan. Ehrlich gesagt, mir hängt die ganze Penne sowieso zum Hals raus! Abitur, daß ich nicht lache! Ich schmeiß' den Kram hin, ob es meinem Vater paßt oder nicht ..."

„Tatsächlich?" Lena warf ihr einen verblüfften Blick zu. „Und was willst du dann tun, ohne Schulabschluß? Du mußt doch mindestens bis zur Zehnten machen, sonst bekommst du nie einen vernünftigen Job."

„Quatsch!" Pepsi zog sich die Lippen mit pinkfarbenem Lippenstift nach und verstaute ihn danach in ihrem Schminktäschchen. „Ich und arbeiten! Ein Job? Da lachen ja die Hühner. Ich bin die Tochter von Arthur Maiberger. Die Erbin seines Vermögens, sagt dir das was? Sobald ich die Penne abgehakt habe, bin ich auf und davon. Los Angeles, Paris, Rom, irgendwohin, wo die Szene was hergibt ..."

Lena zwinkerte verdutzt. Sie war so verblüfft, daß sie

zum ersten Mal seit zwei Wochen ihre eigenen Probleme vergaß. Die Selbstsicherheit, mit der Pepsi ihre Zukunft auf Kosten ihres reichen Vaters plante, war faszinierend. Sie hatte nur eine sehr vage Vorstellung von dem, was Pepsi unter „Szene“ verstand, aber es hörte sich toll an.

„Du, Lena, kommst du heute nachmittag zum Basketballtraining? Wir haben dich am vergangenen Dienstag schon vermißt!“

Nach der sechsten Stunde drängten sich alle über die breite Steintreppe zum Hauptportal. Lena blieb unwillig stehen, als sie an der Jacke festgehalten wurde.

„Andi! Ach ... nö ... heute nicht. Ich hab’ weder Lust noch Zeit ...“

Andrea Dirks verzog das Gesicht. Seit Lena neben dieser Maiberger saß, konnte man kaum ein vernünftiges Wort mit ihr reden. „Okay, angekommen. Wir armen Sterblichen sind dir wohl nicht mehr fein genug, was? Du verkehrst jetzt im Jet-set. Los Angeles, Paris, Rom ...“

Andi gelang eine perfekte Wiedergabe von Pepsis leicht heiserer Stimme. Da die Neue ihre Freunde bevorzugt in den oberen Klassen suchte, hatte die 9c schnell gemeinsam Front gegen sie gemacht. Nur Lena verteidigte Pepsi gegen jede Kritik. Auch jetzt.

„Blöde Kuh!“ zischte sie wütend.

„Und so was war mal meine beste Freundin!“ fauchte Andi zurück. „Merkst du eigentlich gar nicht, daß dich Pepsi gar nicht richtig ernst nimmt? Für sie bist du doch nur die Kleine fürs Grobe, zum Pausenmilchholen und Nachplappern ihrer blöden Spruchblasen! Warum betest du das Weib so an? Weil sie rumläuft wie ein Vogue-Model und jede Menge Kohle hat?“

„Du bist ja bloß neidisch!“ Lena befreite sich aus Andis Griff. So heftig, daß sie mit dem Rücken gegen einen großen Jungen prallte, der eben vorbeigehen wollte. Beide kamen sie ins Stolpern, und im letzten Moment konnte er sich am Treppengeländer festhalten.

„Mensch! Was hattest du denn in der letzten Stunde? Catchen?“ beschwerte er sich.

Lena kannte ihn. Christian Scheibler, 13a. Einer von den Knaben aus der Abiturklasse, der auch irgendwo in der Schülermitverwaltung mitmischte. Er war so groß wie Lenas Vater, und daß er sich die Mühe machte, mit einem Mädchen aus der 9c zu sprechen, verblüffte sie. Normalerweise hatten die Abiturienten mit dem normalen Schülervolk nicht mehr viel Kontakt. Christian trug eine randlose Brille und sah über die Glaskante auf sie herab. So als wäre sie ein besonders interessantes Präparat aus dem Biologiesaal.

„T-tut m-mir leid“, murmelte sie und ärgerte sich darüber, daß sie prompt stotterte. „Hab’ dich nicht gesehen.“

„Das hab’ ich gemerkt!“ Er grinste. „Vielleicht sollte ich noch’n paar Proteine schlucken, damit ich ein bißchen wachse. Ich meine, falls das mit deinen Augen schlimmer werden sollte ...“

Unwillkürlich erwiderte Lena das Lächeln. „Paß mal auf, daß du dann nicht aus dem Hemd platzt!“ konterte sie schlagfertig.

„Getroffen!“ Er hob die Hände mitsamt der Sporttasche, in der sich seine Bücher befanden. Er erwiderte ihren Blick neugierig. „Gehst du nicht in die 9c?“

„Stimmt. Aber bloß, wenn ich kein Training mit Hulk Hogan habe!“

„So klein und schon so vorlaut! Wie schrecklich. Deine Eltern müssen bei deiner Erziehung irgendwas übersehen haben."

Obwohl Lena wußte, daß Christian nur einen Witz machen wollte, verschwand schlagartig das Lachen aus ihren Augen.

„Scheint so", antwortete sie spröde und wandte sich ab. „Ciao, Großer!"

Sie drängelte sich an Christian vorbei, der ihr verblüfft nachsah. Okay, er war kein Junge, um den sich alle Mädchen rissen. Aber damit, daß sie ihn einfach stehenließ, hatte er nicht gerechnet. Auch Andi bekam keine zweite Chance. Aber ihr Gesicht war ziemlich finster, während sie hinter Lena herstarrte.

„Man faßt es nicht, du bist ja ein stilles Wasser!" Pepsi hatte auf Lena gewartet. Das kam selten vor. „Seit wann kennst du jemanden aus der Abiturklasse?"

„Ich?" Lena schüttelte den Kopf. „Tu' ich doch gar nicht!"

„Hey, du schwindelst! Du hast doch eben mit dem Scheibler geredet. Sag jetzt bloß nicht, er wollte nur wissen, wie spät es ist!"

„Ich bin zufällig mit ihm zusammengerumpelt und habe mich bei ihm entschuldigt. Das war alles."

Pepsi verdrehte die Augen. „Und dann läßt du den Typ einfach stehen! Du naives Huhn. Ehrlich, Dominick, manchmal frage ich mich, woher ich die Geduld für dich nehmen soll. Warum hast du nicht mindestens über Kopfschmerzen geklagt und dich auf eine Cola einladen lassen?"

„Weil ich keine Kopfschmerzen habe!" Manchmal kam

es Lena vor, als spräche Pepsi eine ganz andere Sprache als sie. Sie begriff nicht, worauf sie hinauswollte. Aber vermutlich lag das einfach daran, daß Petra Maiberger eineinhalb Jahre älter war als sie.

In Lenas Augen war Pepsi fehlerlos. Wie sonst hätte sie mit der Clique älterer Jungen und Mädchen herumziehen können, die in der Oberstufe von sich reden machte? Eine Clique, die im Brennpunkt des Interesses, wenn nicht gar des Neides stand. Niemand aus ihrer Altersstufe hatte bisher mit ihnen zu tun gehabt.

Daß sich Pepsi, die so eine Art Eintrittskarte zu der Clique war, unter allen 23 Klassenkameraden der 9c ausgerechnet Lena Dominick als Freundin ausgesucht hatte, war eine Mischung aus Wunder und großer Ehre. Dafür nahm Lena schon in Kauf, daß sie – sicher nur im Spaß – als „naives Huhn" bezeichnet wurde.

„Keine Kopfschmerzen ...", wiederholte Pepsi genervt. „Ich frage mich, wann sie dich aus dem Kindergarten entlassen haben? Kein Wunder, daß mich Bastian ständig damit aufzieht, daß ..." Sie unterbrach sich.

Lena runzelte die Stirn. Bastian Siebold war Pepsis Freund. Elfte Klasse im zweiten Durchgang. Seine letzte Chance, nachdem er schon die zehnte Klasse doppelt belegt hatte. Stolzer Besitzer eines knatternden, wild bemalten Renault 4, den er zum 18. Geburtstag bekommen hatte. Mehr als fünf Worte hatte sie bestimmt noch nie mit ihm gewechselt, und das auch nur in Pepsis Gegenwart.

Er war nicht ihr Fall, obwohl er phantastisch aussah. Zu phantastisch. Ein Bild von einem Jungen, der sich für Lenas Geschmack ein wenig zu eitel und arrogant in der grenzenlosen Bewunderung sonnte, die ihm Pepsi entgegenbrachte. Daß er blöde Bemerkungen über sie machte, verwunderte sie nicht im geringsten. Schließlich beruhte die Abneigung auf Gegenseitigkeit.

Sie hatten den Schulhof überquert. Bastians Colorlimousine stand mitten auf dem Schulbusparkstreifen. Wie immer wartete er auf Pepsi. Sie gönnte Lena ein knappes „Tschüs!“, dann röhrte der Motor, und das Gefährt verschwand mit einer Abgaswolke in einer wilden Kurve Richtung Innenstadt. Beneidenswert.

Lena mußte auf den Bus warten. Früher war sie manchmal von ihrem Vater abgeholt worden. Aber das gehörte jetzt mit Sicherheit der Vergangenheit an. Außerdem, einen Freund aus der Elften zu haben, der bereits ein eigenes Auto besaß, war schon etwas ganz Besonderes. Sie dagegen hatte ja künftig nicht einmal mehr einen richtigen Vater ...

# 3

Das Bett verschwand fast in einem Maschinenpark. Flakkernde Bildschirme, Sauerstoffmasken, piepende Computeraufzeichnungen und ein grün gekleideter Arzt mit Mundschutz, der in gedämpftem Ton aufzählte, was der Patientin alles fehlte. Krank war sie. Schwer krank. Lebensgefährlich.

Alles andere war unwichtig geworden und in den Hintergrund getreten. Sogar ihre Eltern sahen es ein. Zu zweit saßen sie mit besorgten Gesichtern an ihrem Bett und hielten ihre Hände.

„Du mußt nur wieder gesund werden, Kind! Wir versprechen dir auch, daß wir zusammenbleiben!"

„Lena! Du lieber Himmel, draußen steht noch das Frühstücksgeschirr auf dem Tisch, und du hast nichts Besseres zu tun, als zu träumen. Wo bist du nur mit deinen Gedanken?"

Die rührende Versöhnungsszene verschwamm und machte der unliebsamen Wirklichkeit Platz. Lena saß an ihrem kleinen Schreibtisch und hatte die Füße gegen die Platte gestemmt. Da dummerweise nicht ein einziges ihrer Schulhefte aufgeschlagen vor ihr lag, konnte sie nicht einmal sagen, daß sie Vokabeln lernte.

Außerdem hatte die wütende Rena Dominick, die in ihrer Zimmertür stand, nur wenig Ähnlichkeit mit der sanften, hingebungsvollen Mutter aus Lenas Tagträumen. Die hier war nach einem 9-Stunden-Arbeitstag müde und wütend. Kurz vor der Explosion. Lena wußte genau, warum. Sie hatte nicht einen einzigen der Aufträge vom

Zettel auf dem Merkbrett erfüllt. Seit wann war sie denn für den Haushalt zuständig?

„Manchmal habe ich den Eindruck, du möchtest mir das Leben so schwer wie möglich machen", zischte Rena Dominick, während sie aus der Kostümjacke schlüpfte. „Wofür hältst du mich eigentlich. Für dein Dienstmädchen? Es wäre dir kein Zacken aus der Krone gebrochen, wenn du wenigstens zum Einkaufen gegangen wärst!"

„Keine Zeit gehabt!" gab Lena patzig zurück. Sie hatte inzwischen Übung im Unverschämtsein. Ihr Gewissen meldete sich nur noch ganz selten. Und wenn, dann unterdrückte sie es rigoros, indem sie die Ungerechtigkeiten aufzählte, die ihr angetan worden waren.

So sehr sich ihre Mutter auch bemüht hatte, die neue Wohnung in ein echtes Zuhause zu verwandeln, Lena kam sich immer noch vor, als wäre sie bei fremden Leuten zu Besuch. Einmal hatte sie kurz entschlossen den Bus genommen und war hinausgefahren in den Sonnenblumenweg.

Von der Straße aus, durch die kahlen Heckensträucher, sah das Haus vertraut und doch schon fremd aus. Vorhänge in einer Farbe, die ihre Mutter nie gebilligt hätte, ein Strohkranz mit bunten Bändern an der Haustür. Schließlich zwei kleine Kinder, die laut kreischend durch den Garten tobten. Sie rasten durch die paar Schneeflecken und bemühten sich, einen Schneemann zu bauen.

Am Abend hatte sich Lena in den Schlaf geweint. Zuvor hatte sie ganz ernsthaft die Möglichkeit erwogen abzuhauen. Natürlich nur für ein paar Tage. Gerade so lange, bis die gemeinsame Sorge um die verschwundene Tochter Rena und Peter Dominick wieder zusammengeführt hätte.

Großer Schreck mit anschließendem Happy-End auf irgendeiner Polizeiwache. Eine schöne Story, wie aus einer Vorabendserie, nur leider keine Wirklichkeit.

Je länger Lena ihre Mutter betrachtete, um so mehr kamen ihr Zweifel, ob ein so dramatisches Ereignis überhaupt noch Einfluß auf sie haben konnte. Sie hatte sich unglaublich verändert. Sie war fremd geworden, unbeeinflußbar und stark. Nicht mehr die besorgte Mami, die ihr für ein Lächeln jeden Gefallen tat. Jetzt sagte sie: „Du weißt, wo das Bügeleisen ist!", wenn Lena nach einem bestimmten Kleidungsstück forschte, das noch im Wäschekorb lag. Früher war es eine Selbstverständlichkeit gewesen, daß das T-Shirt eine Viertelstunde später gebügelt in ihrem Zimmer hing.

„Wann gibt's was zu essen?" Der Hunger trieb Lena wenig später in die Küche.

Rena Dominick räumte die Spülmaschine ein. „Wenn ich Zeit habe", antwortete sie im gleichen unverbindlichen Ton.

„Ich kann mich gut erinnern, daß du mir versprochen hast, daß sich für mich nichts ändern wird", platzte Lena anklagend heraus. „Ein tolles Versprechen. Mittags darf ich mir irgendeinen Fraß in der Mikrowelle heiß machen, nachmittags Hausaufgaben, einkaufen, staubsaugen, wenn möglich noch bügeln und abends Hungerkur. Klasse! Und da fragst du mich, warum ich es beschissen finde, daß du dich von Dad getrennt hast!"

„Darf ich deiner Erinnerung auf die Sprünge helfen, Lena? Bevor wir umgezogen sind, hattest du an vier von fünf Tagen in meinem frisch gekochten Mittagessen herumgestochert und behauptet, mittags keinen Hunger zu haben. Für den Zustand deines Zimmers warst du von jeher selbst verantwortlich, und wenn du Appetit hast, dort ist der Kühlschrank. Ihn zu öffnen erfordert keine Gebrauchsanweisung. Erwarte bitte nicht, daß ich mich wegen meiner Trennung von deinem Vater ständig vor dir rechtfertige! Es ist an der Zeit, daß du dich mit den Tatsachen abfindest. Du bist jetzt fünfzehn und wahrhaftig kein Baby mehr. Dein Trotz ist absolut kindisch!"

Soviel zum Thema liebevolle, verständnisbereite Mutter. Lena preßte die Lippen aufeinander. Sie schnappte sich einen Apfel aus der Obstschale und rieb ihn am Pulli blank, ehe sie hineinbiß.

„Guten Appetit!"

Der freundliche Wunsch war nicht der Erfolg, den sich Lena von ihrer provozierenden Geste erhofft hatte. Sie sah sogar, daß die Mundwinkel ihrer Mutter zuckten. Rena Dominick unterdrückte ein Lächeln! Ohne ein Wort hatte sie die fast erwachsene Fünfzehnjährige wieder auf das Niveau eines eigensinnigen Vorschulkindes reduziert.

Aufgebracht machte Lena kehrt und ging in ihr Zimmer zurück. Niemand verstand sie. Gar niemand. Dad auch nicht. Er nahm vermutlich an, daß seine großzügigen Geschenke zu ihrem Fünfzehnten sie für alles entschädigten. Sein Schuldbewußtsein hatte in einer Lederjacke und einem CD-Spieler greifbare Formen angenommen.

Normalerweise hätte Lena sich irrsinnig darüber gefreut. Jetzt sah das Ganze zu sehr nach materiellem Trost aus. Als ob dieser Luxus vereinte Eltern ersetzen könnte! Und schon gar nicht eine abgesagte Party mit Pepsi und ihren Freunden.

Lena hatte versucht, ihm die Lage bei ihrem Geburtstagsessen zu schildern. Aber entweder hatte er nicht richtig zugehört oder alles mißverstanden.

„Du siehst das alles zu schwarz, Lena!" hatte er sie beschwichtigt. „Du brauchst doch keine Mami mehr, die dir den ganzen Tag das Händchen hält, und für Kindergeburtstage bist du wirklich zu alt. Ich verlass' mich darauf, daß du mein großes Mädchen bist und Rena zur Seite stehst. Du wirst sehen, in ein paar Wochen hat sich euer Alltag prima eingespielt."

Kindergeburtstage! So stand es rot unterstrichen in ihrem Tagebuch. Soviel geballte väterliche Ahnungslosigkeit tat weh. Lena starrte auf die Zeilen. „Sind das überhaupt meine Eltern?" hatte sie erbost mit vielen Fragezeichen darunter geschrieben.

Vielleicht war sie ja ein Adoptivkind? Ein armes Geschöpf, das von seiner verzweifelten Mutter nach der Geburt zur Adoption freigegeben worden war. Von einer Frau, die sich jetzt vielleicht niedergeschlagen danach sehnte, ihr Liebe und Geborgenheit zu geben?

„Brrr!" Diesmal mußte sogar Lena sich schütteln. Was für eine Schnulze!

Außerdem sah sie ihrer Mutter von der Augen- und Haarfarbe über die Nasen- und Mundform so ähnlich, daß die Verwandtschaft geradezu ins Auge sprang. Lena klappte das Tagebuch zu und warf den Apfelrest in den Papierkorb.

Trotz der geschlossenen Tür drang jetzt der unverkennbare Duft von gebratenem Schinken an ihre Nase. Schinkenschnitzel mit Ananas und Käse überbacken, ihr Leibgericht. Ein Friedensangebot. Lena schluckte hungrig.

Nach der Schule hatte sie lediglich einen Hamburger

gegessen. Sie mochte die labbrigen Brötchen nicht besonders, aber Pepsi fand sie lecker. Da Pepsis Wort für Lena Gesetz war, stand das Mittagsmenü schnell fest. Aber wenigstens hatte sich Pepsi ihre Klagen angehört. Das war mehr, als ihre Eltern, Klassenkameraden oder früheren Freundinnen im Augenblick für sie taten.

Lena war noch nie einer von diesen Stars gewesen, um den sich alles drehte. Als richtige Außenseiterin fühlte sie sich jedoch erst seit ihrem Umzug und dem letzten Krach mit Andi. Ein Glück, daß Petra Maiberger sie wenigstens nicht im Stich ließ.

Alle fanden das ganz alltäglich, daß Eltern sich scheiden ließen. Timo Winterstedt hatte das Erlebnis sogar schon hinter sich und riß blöde Witze darüber. Er hatte sich plötzlich zur Klette entwickelt und gab ihr pausenlos ungefragt alberne Ratschläge. Lena fand ihn nervtötend.

Pepsi und die Clique waren das einzig Positive in ihrem Leben! Bastian Siebold hatte dort das Sagen, und da Pepsi seine Freundin war, akzeptierte man auch Lena ohne große Umstände. Meist begnügte sie sich sowieso damit, stumm zuzuhören, wenn die anderen Witze machten oder Pläne schmiedeten. Lieber spielte sie das fünfte Rad am Wagen, als daheim in der leeren Wohnung zu pauken oder darauf zu warten, daß ihre Mutter irgendwann nach Hause kam.

„Lena! Das Essen ist fertig!"

Für ein paar Sekunden spielte Lena mit dem Gedanken, schwerhörig zu sein. Einfach trotzig und ohne Abendessen zu Bett zu gehen. Mutter würde sich Sorgen um ihre Gesundheit machen, und das geschähe ihr ganz recht. Warum hatten sie ihr diese Geschichte auch eingebrockt!

Aber wieso wollte sie zu allem Überfluß auch noch hungern? Die dramatische Geschichte einer magersüchtigen Tochter spukte durch ihren Kopf. Besorgte Eltern, die sie anflehten, wenigstens einen winzigen Bissen zu sich zu nehmen.

Aber bis sie sich auf diese Lebensgefahr heruntergehungert hatte, vergingen bei ihrer normal gerundeten Figur vermutlich Monate. Monate mit knurrendem Magen? Nein, da mußte es noch eine andere Lösung geben!

Während Lena mit dem Appetit eines ausgehungerten Wolfes ihr Lieblingsessen verputzte, herrschte Schweigen am Tisch. Rena Dominick hatte ihr strenges Kostüm mit einem Jogginganzug getauscht. Zum ersten Mal wurde Lena bewußt, daß sie ihre Haare jetzt anders trug. Lockiger und kürzer, nicht mehr so streng aus dem Gesicht gekämmt. Es machte sie jünger, rückte sie in die Nähe einer älteren Schwester.

So schick es aussah, Lena machte es nur noch wütender. Mami hatte kein Recht, plötzlich wie eine große Schwester auszusehen. Das nahm ihr zu allem Überfluß auch noch das gewohnte Bild ihrer Mutter. Es machte eine Fremde aus ihr. Eine Fremde in einer fremden Wohnung. Auch wenn die drei Zimmer im dritten Stock mit Blick auf den Park noch so hübsch und modern eingerichtet waren.

„Lena, wir müssen miteinander reden. So kann es doch nicht weitergehen“, sagte die „Fremde“ jetzt. „Du bist unglücklich, das weiß ich. Aber du befindest dich im Irrtum, wenn du glaubst, daß dieses Unglück aufhört, sobald wir alles rückgängig machen. Du kannst an den Ereignissen nichts mehr ändern, und es wird dir erst bessergehen, wenn du versuchst, einen neuen Anfang zu machen."

„Ihr mit eurem neuen Anfang! Ich kann die Platte langsam singen!" Lena schob den leeren Teller heftig zurück. „Was war denn am alten Leben so schlecht, daß ihr beide ganz scharf drauf seid, alles umzukrempeln?"

„Seine eingefahrenen Bahnen", antwortete Rena Dominick unerwartet ehrlich. „Ich war dabei, mich an alles zu gewöhnen. An den ewig gleichen Trott ohne vernünftige Alternativen. An die Sinnlosigkeit meines Hausmütterchendaseins und meiner Alltagssorgen, an deine anspruchsvollen Launen, an Vaters wechselnde Freundinnen ..."

„Du lügst! Dad würde dich nie betrügen!"

„Ich habe es nicht nötig zu lügen, Lena. Peter hat zwei von ihnen so eifersüchtig gemacht, daß die Damen mich großzügig und in allen Details über ihre Beziehungen zu deinem Vater informiert haben ..."

„Und denen glaubst du mehr als Dad?"

„Lena, die Diskussionen darüber habe ich oft genug mit deinem Vater geführt. Ich will dir damit nur sagen, daß wir beide gemeinsam zu der Überzeugung gekommen sind, daß wir uns besser scheiden lassen. Ich schätze ihn noch immer, aber ich kann unter diesen Bedingungen nicht mehr mit ihm zusammenleben. Das ist eine Sache der Selbstachtung und des Stolzes. Ich will mich nicht für soziale Sicherheit und ein ruhiges Leben verkaufen."

„Und was ist mit meiner sozialen Sicherheit und meinem ruhigen Leben?"

Rena Dominick unterdrückte einen Seufzer. „Du tust so, als hätten wir dich in der Wüste ausgesetzt. Du hast ein eigenes Zimmer, ein großzügiges Taschengeld, eine Mutter und einen Vater, die für dich sorgen. Die Probleme, die dich momentan belasten, sind arg, aber nicht unlösbar. Du mußt nur ein bißchen guten Willen zeigen, Lena! Wie wäre es, wenn du mal darüber nachdenkst, statt dich in jeder freien Minute mit dieser Pepsi herumzutreiben!"

Lena versteifte sich. „Was hast du gegen Pepsi?"

„Du hast dich verändert, seitdem sie deine Freundin ist. Du schottest dich gegen jede andere Meinung ab und hörst nur noch auf sie! Ich würde diese Pepsi gern einmal kennenlernen."

„Was soll das bringen?" wehrte Lena ab. „Willst du mir jetzt auch noch vorschreiben, mit wem ich meine Freizeit verbringen darf?"

Man sah Rena Dominick an, daß sie sich beherrschen mußte. „Red keinen Unsinn. Bisher hast du deine Freundinnen immer mal mit nach Hause gebracht. Warum nicht Pepsi?"

„Weil wir keine Babys mehr sind, die im Kinderzimmer mit Barbiepuppen spielen", entgegnete Lena wütend. „Glaubst du, ich will mit fünfzehn in dieser Bude hier versauern?"

Es klang unverschämt, und das sollte es auch. Lena stand langsam auf. „Kann ich jetzt in mein wunderschönes Kinderzimmer gehen, oder möchtest du weiterpredigen?"

Als sie keine Antwort bekam, ging sie hinaus. Ein merkwürdiger, unterdrückter Laut hinter ihrem Rücken hätte ein Schluchzen sein können. Lena drehte sich nicht um. Sie fühlte sich im Recht. Sogar im Recht, weh zu tun.

# 4

Schon in der offenen Tür, zögerte Lena einen letzten Moment. Auf dem kleinen Schränkchen im Flur lag die Post. Ihr Zettel obenauf: „Bin mit Pepsi im Kino!“

Das gelbe Haftpapier mit der schriftlichen Lüge war so klein, daß der graue Briefumschlag aus Umweltpapier darunter noch deutlich zu sehen war. Absender: die Schulleitung des Dante-Gymnasiums. Lena benötigte nicht viel Phantasie, um sich den Inhalt vorzustellen. Irgend etwas in der Richtung: „Leider müssen wir Sie darauf hinweisen, daß Ihre Tochter Lena Dominick, Klasse 9c, sich nicht hinreichend auf den Unterricht vorbereitet und am Unterricht beteiligt. Ermahnungen haben bisher keinen Erfolg gehabt.“

Außerdem gehörte es zu Studienrat Spanges besonderem Service als Klassenlehrer, die Eltern seiner schwachen Schüler auf bevorstehende Klassenarbeiten hinzuweisen, ehe die Fünfer und Sechser traurige Wirklichkeit wurden.

Lena hatte einige Gespräche mit ihm über sich ergehen lassen. Er war ein Pädagoge, der nicht nur stur Lehrstoff paukte, sondern sich auch um die Person seiner Schüler kümmerte. Ein Termin mit Lenas Mutter hatte ihn außerdem mit jenen Informationen versorgt, die ihm Lena selbst so eigensinnig verweigerte.

Trotzdem war wenig dabei herausgekommen. Ihre Noten stürzten weiter ab, und Pepsi frotzelte über Spanges Psychotrip in Sachen Lena Dominick. Sie konnte den Klassenlehrer nicht ausstehen.

„Schade, daß es nicht der süße Dr. Hack ist, der dich ständig um persönliche Gespräche bittet", hatte sie erst heute gespöttelt. „Mit dem würde ich zu gerne mal allein eine Weile im Sprechzimmer plaudern. Ob der ins Schwitzen kommt, wenn ich meine Bluse zwei Knöpfe zu weit aufmache?"

Dr. Rainer Hack unterrichtete Latein und Französisch. Er gehörte zum Attraktivsten, was der Lehrkörper des Dante-Gymnasiums zu bieten hatte. Die meisten Mädchen der 9c fanden es gemein, daß er bei ihnen keinen Unterricht gab.

„Quatsch!" hatte Lena einen seltenen Widerspruch gewagt. „Pauker sind Nervensägen, keine Männer!" Damit war das Thema für sie erledigt gewesen.

Das Telefon schrillte, und Lena fuhr zusammen. Sollte sie abheben? Nein, vermutlich war sowieso nur ihre Mutter dran, um ihr mitzuteilen, daß es noch ein wenig später werden würde. Hinterher konnte sie ja behaupten, daß sie schon fort gewesen sei. Im Kino. Was natürlich nicht stimmte. Die Clique traf sich im Crash, wie jeden Freitag. Lügen wurden mehr und mehr zur Selbstverständlichkeit.

Letztes Wochenende hatte es gewaltigen Ärger gegeben, als sie erst nach elf Uhr anspazierte. Einen Riesenkrach und den strikten Befehl, künftig um zehn zu Hause zu sein, sonst sähe sich Rena Dominick endlich gezwungen, andere Saiten aufzuziehen.

Lena rechnete nicht damit, daß ihre Mutter diese Drohungen in die Tat umsetzen würde. Erstens hatte sie das noch nie getan, und zweitens, so sorgfältig sie es auch verbarg, sie ließ sich eine Menge von ihr gefallen. Schonzeit für eine schwierige Tochter oder schlechtes Gewissen? Lena wollte sich nicht eindeutig festlegen, aber sie nützte es auf jeden Fall aus.

Sie kontrollierte ihr Aussehen im Flurspiegel und fuhr sich mit der Fingerkuppe vorsichtig über die nachgestrichelten Brauen. Sie hatte den Make-up-Vorschlag für die Disco in einer Jugendzeitschrift entdeckt und Lage für Lage aufgepinselt. Es sah heiß aus. Mit den luftgetrockneten Locken, dem schwarzen Minikleid und dem mintfarbenen Seidenblouson, der eigentlich ihrer Mutter gehörte, sah sie gut und gern wie sechzehn, siebzehn aus. Bei Discobeleuchtung vielleicht sogar wie achtzehn.

Nur schade, daß noch nicht besonders viel Figur zu besichtigen war. Pepsi hatte schon einen unübersehbaren Busen. Lena drückte den Rücken durch. Na, im Moment konnte sie wenig daran ändern. Eine kleine Wölbung war ja vorhanden, falls sie immer daran dachte, die Schultern nach hinten zu nehmen. Viel würde es ohnehin nicht werden, wenn sie auch hier ihrer Mutter ähnlich war.

Das Telefon schwieg. Lena schnappte sich ihren Mantel und die kleine Schultertasche. Sie warf die Wohnungstür mit aller Kraft ins Schloß. Wieso sollte sie sich nach den übrigen Mietern richten? Zu Hause im Sonnenblumenweg hatte sich nie jemand darum gekümmert, wenn eine Tür knallte. War es ihre Schuld, daß sie jetzt hier wohnte?

„Eeey, unsere Kleine hat sich ja mächtig aufgestylt! Scharf!"

Der dumme Spruch kam logischerweise von Bastian Siebold. Er lümmelte an der Bar im Crash. Der Rest der Clique verteilte sich auf die übrigen Plätze und die Tanzfläche. Es war voll, wie immer um diese Zeit. Beim Hereinkommen hatte Lena einige bekannte Gesichter entdeckt, aber sie hatte sich wie üblich neben Pepsi geschoben.

Ihre Freundin stand bei Bastian. Sie hatte sich an diesem Abend für ein superbreites grasgrünes Haarband entschieden, das zu ihrem hautengen Anzug mit dem aufregenden Ausschnitt paßte. Sie hielt ein Glas mit einer braunen Flüssigkeit in der Hand und knabberte am Strohhalm. Jetzt nahm sie ihn aus dem Mund und knuffte Bastian spielerisch in die Seite. „Seit wann fällt dir auf, was Lena anhat? Willst du sie anmachen?"

„Keine schlechte Idee!" Bastian lachte, aber für Lena klang es eher drohend. Sie wich zurück, als er den Arm um sie legen wollte.

„Kindchen, ich beiße nicht", witzelte er weiter. „Im Gegenteil! Ich bin der heißeste Typ, den meine Mutter je auf Kiel gelegt hat. Ein regelrechtes Prachtexemplar ..."

Lena machte Bastians Gerede verlegen. Sie war keine Pepsi, die immer mit einem lockeren Spruch auf so was antwortete. Lena war es unangenehm, wenn sie im Mittelpunkt der allgemeinen Aufmerksamkeit stand. Sie kämpfte dann stets mit dem merkwürdigen Gefühl, daß sich alle anderen irgendwie über sie amüsierten. Aber es lag vermutlich nur daran, daß sie noch so neu in der Clique war. Mit ein bißchen Übung würde sie bald ebenso cool und lässig wie die anderen sein.

Wortlos griff sie zu dem Glas, das Bastian ihr hinhielt. Es sah nach Cola aus und schmeckte auch so. Den leicht fremdartigen Nachgeschmack nahm Lena zwar wahr, aber sie vermochte ihn nicht zu identifizieren. Diese

Blöße wollte sie sich natürlich keinesfalls geben. Demonstrativ nahm sie einen zweiten, größeren Schluck.

Bastian lächelte gönnerhaft auf sie herab. „Na, ist's dir zu scharf, Lena?"

Die Musik wechselte zu einem langsameren Titel, und Pepsi griff nach Bastians Arm. „Komm, ich möchte tanzen ..."

Bastian schüttelte sie ab und blieb stehen. „Ich aber nicht, Schätzchen. Ich hab' gerade Bock auf eine kleine Talk-Show mit unserer süßen Lena!"

Pepsi zuckte mit den Schultern. Eine Sekunde lang hätte Lena geschworen, daß sie verletzt und wütend war. Aber dann lächelte sie schon wieder. „Jedem Tierchen sein Pläsierchen!" flötete sie betont lässig.

Aus lauter Verlegenheit trank Lena ihr Glas fast leer. Sie mochte Cola, aber die hier hatte eine eigenartige Wirkung auf sie. Die Wärme, die aus ihrem Magen aufstieg, drang nun bis in die Fingerspitzen. Die Spannung wich, und auf einmal war Lena endlich imstande, sich ebenso lässig auf den halbhohen Hocker zu schwingen wie Pepsi. Das Wohlbefinden vertiefte sich, und sie konnte sogar Bastians Blick standhalten, ohne wie üblich rot zu werden.

„Noch eine Cola mit Schuß!" orderte Bastian mit einem Fingerschnipsen, und der junge Mann an der Bar schaute kurz zu Lena. Dann hob er die Achseln und schob Bastian das volle Glas hin. An wen das volle Glas weitergegeben wurde, war nicht sein Problem. Er drehte sich um. In seiner Kasse zählte nur der Umsatz.

„Mit welchem Schuß?" Lena trank und spürte ein Kichern, das wie Kohlensäure in ihrem Hals aufstieg. Es kam ihr unglaublich drollig vor, daß Pepsis Freund für sie den Oberkellner spielte. Ausgerechnet der tolle Bastian, der bisher noch keine drei Worte mit ihr gewechselt hatte.

Bastian überging die Frage. Er fuhr mit dem Handrükken über ihre geliehene Seidenjacke. Es war sehr nahe an ihrer Brust. Zu nahe.

„Fühlt sich stark an", murmelte er heiser. Ehe Lena jedoch zurückweichen konnte, hatte er seine Hände schon wieder in die Hosentaschen gesteckt und grinste auf sie herab. Hatte sie sich die Fummelei nur eingebildet? Auf jeden Fall wäre nachträglicher Protest lächerlich gewesen. Sie schwieg.

Außerdem – seine Aufmerksamkeit schmeichelte ihr. Bisher war sie für die meisten Jungen der Clique Luft gewesen. Unter Bastians Augen kam sie sich schlagartig schick und endlich erwachsen vor.

„Komm, Lena, laß uns tanzen!" Er ließ ihr keine Zeit zum Widerspruch. Er nahm ihr das Glas aus der Hand und zog sie auf die Tanzfläche.

Im letzten Moment drehte sich Lena um und sah für einen kurzen Augenblick Pepsis Gesicht. Lag es an der Beleuchtung, oder war sie unter ihrem Make-up blaß geworden? Eifersucht? Auf sie? Irgendwie verlief der heutige Abend anders als sonst. Sie fühlte sich völlig durchgedreht und fremd in der eigenen Haut.

Bastian zog sie zu den langsamen Bluesrhythmen eines Songs aus den 70ern eng in seine Arme. Obwohl Lena sonst nichts für diese Art von Tanzen übrig hatte, machte sie gute Miene dazu. Es hätte komisch ausgesehen, mitten im Gedrängel der übrigen Pärchen mit Bastian auf Distanz zu gehen. Sie wollte nicht auffallen. Sie wollte dazugehören und von den anderen akzeptiert werden. Als Lena! Nicht nur als Pepsis schüchterner Schatten. Vielleicht war Bastians Interesse an ihrer Person die erste Chance dazu.

Bastian schwieg, aber sie spürte seine Bewegungen, die sich auf ihren Körper übertrugen. Sie roch die Mischung aus Zigarettenrauch und Parfüm, die an seiner Lederjacke haftete. Aus unmittelbarer Nähe bemerkte sie sogar den Schatten nachwachsender Bartstoppeln auf seinem Kinn und das etwas ausgebleichte Blau seiner Augen.

Sie hatte Herzklopfen. Nicht, weil sie sich in Bastian verliebt hatte, sondern weil die Situation so faszinierend und neu war. Ein Glück, daß die dröhnende Musik jede Unterhaltung verhinderte. Sie hätte keine Ahnung gehabt, was sie sagen sollte.

Ganz in der Nähe fiel einer der zuckenden Scheinwerfer auf ein giftig grünes Haarband. Pepsi tanzte mit Steffen. Sie bekam schmale Augen und Lippen, als Bastian auf Lena hinunterlächelte, ehe er mit der Hand ihren Nacken unter den Haaren umspannte und den dunklen Kopf an seine Schulter drückte.

„Nicht!“ Lena wurde jäh aus ihren Träumen gerissen, als sie Bastians Mund an ihrer Schläfe spürte. Von ihm bewundert zu werden war eine Sache, aber die Schmuserei ging ihr doch zu weit.

Bastian ertrug die Abfuhr scheinbar gelassen. Allerdings hatte er die Lust am Tanzen verloren. Er brachte Lena an die Bar zurück. Um ihre Verlegenheit zu überbrücken, trank Lena ihr Glas, das dort auf sie wartete, in einem Zug leer. Danach fühlte sie sich viel besser. Geradezu sensationell entspannt.

„Hey, du bist echt süß, wenn du dich nicht ständig hinter deiner Freundin versteckst!" Bastians Hand wich kaum noch von ihrer Schulter.

„Pepsi ist doch auch deine Freundin", antwortete Lena.

Bastian überhörte ihren Einwand. Er zündete sich eine Zigarette an. Sie mußte husten, als sie den Rauch in die Kehle bekam, den er an ihrer Nase vorbeipustete. Normalerweise mochte sie Zigarettenrauch nicht besonders, aber heute gehörte er irgendwie dazu. So wie das volle Glas, das Bastian zu ihr hinschob.

„Cheers, kleine Lena!" prostete er ihr zu. „Cuba libre scheint dir zu schmecken!"

Cuba libre? Das war doch irgendwas mit Rum? In Lenas Hinterkopf ertönte ein Alarmsignal. Bisher hatte sie mit Ausnahme von einem Glas Sekt an Silvester nie Alkohol getrunken. Doch das kühle, prickelnde Getränk, mit dem sie Bastian ganz nebenbei immer wieder versorgte, schien ebenso erfrischend wie harmlos zu sein. Wenn da wirklich Rum drin war, dann sicher nur ganz wenig.

Wild entschlossen, jede Minute dieses Abends zu genießen, fielen Lena die Blicke, die Bastian und Steffen tauschten, gar nicht auf. Auch wenn Pepsi immer stiller wurde, ihr selbst machte alles unheimlich Spaß. Ihre scheinbar unlösbaren Probleme waren jetzt unwichtiger Kleinkram. Wen interessierte schon die Scheidung, der Umzug oder gar ihre miesen Noten?

Sie verlor ein wenig den Überblick, wie oft sie mit Bastian tanzte, wieviel Gläser Cuba libre sie trank und wie spät es war. Daß jedoch Pepsi demonstrativ auf die Uhr sah und etwas von Mitternacht erzählte, drang wie ein eisiger Lufthauch auf ihre rosarote Wolke. Schlagartig verging ihr das Vergnügen! Mehr als zwei Stunden über die Zeit!

„Meine Güte, meine Mutter dreht glatt durch! Ich muß heim!“ rief sie aus. Die plötzliche Bewegung machte sie schwindelig. Sie mußte sich an der Chromumrandung der Theke festhalten.

„Kein Problem.“ Bastian war die Hilfsbereitschaft in Person. „Draußen steht mein Auto. Ich bring’ dich um die Häuser. Trink aus, dann gehen wir!“

Lena schluckte. „D-danke, aber ... lieb von dir, aber ich kann doch mit dem Bus fahren. Es ist ja nur eine Station. Ich ...“

„Mit dem Bus? Du hast sie nicht alle! Um diese Zeit? Nein, ich fahr’ dich! Komm schon!“

Überrumpelt griff Lena nach ihrer Tasche. „Ich muß noch bezahlen ...“

„Schon erledigt, Kleine! Betrachte dich von mir als eingeladen.“

„Der Bastian hat heute seinen großzügigen Tag“, warf Pepsi schnippisch ein.

Lena war viel zu beschwipst, um den beleidigten Unterton zu bemerken. Sie registrierte nur das brüllende Gelächter der übrigen. Sie fragte sich vage, was an einer so harmlosen Feststellung derart rasend komisch sein konnte, daß sich einer wie Steffen gleich vor Vergnügen auf die Oberschenkel klatschte. Aber vermutlich war er betrunken. Kein Wunder bei der Menge Bier, die er konsumiert hatte.

Bastian hatte es auf einmal schrecklich eilig. Lena hingegen kämpfte mit dem Gleichgewicht und einer Menge widersprüchlicher Eindrücke. Es gefiel ihr, daß sich ein Junge darum sorgte, wie sie nach Hause kam. Andererseits war Pepsi sicherlich sauer, und sie selbst mochte die vertraulich aufdringliche Berührung nicht besonders, mit der Bastian ihren Arm umfaßt hielt. Die Mischung aus Beschützer und Befehlshaber, die er herauskehrte, war ihr unheimlich. Warum ließ er sie nicht los?

Trotzdem zögerte sie, sich vor allen anderen gewaltsam von ihm zu befreien. Damit würde sie nur spöttische Kommentare und Gelächter herausfordern. Als Jüngste in der Runde war sie sowieso das Hauptziel aller dummen Witze. Normalerweise machte ihr das wenig aus. Es war der Preis, den sie für das „Dazugehören" zahlte. Aber heute wollte sie sich den tollen Abend nicht durch spitze Bemerkungen verderben lassen.

„Okay, danke für die Einladung", akzeptierte sie leise. Ihr Abschiedsgruß an die anderen fand ein unterschiedliches Echo. Pepsi zum Beispiel drehte ihr den Rücken zu und sagte keinen Ton.

Steffen machte mit Mittel- und Zeigefinger das Victory-Zeichen in Richtung Bastian. Die anderen grinsten, und Lena hatte den fatalen Eindruck, daß irgend etwas vorging, das sie nicht verstand. Sie unterdrückte einen Seufzer und murmelte ein leises „Ciao".

Bastian wartete vor dem Eingang, bis sie ihren Mantel aus der Garderobe geholt hatte. Er schnippte eine halb aufgerauchte Zigarette auf den Asphalt. Dann legte er schon wieder den Arm um Lenas Schultern. Schnell schloß sie die Knöpfe bis zum Kinn. Es war bitter kalt, außerdem bedeutete es eine Schicht Stoff mehr zwischen diesen fremden Händen und ihrer Haut.

„Du muscht mich nicht ... ich meine, ich kann schon

allein ..." Sie kämpfte mit den Worten, die sich auf ihrer Zunge selbständig machten.

„Ich will aber", beharrte Bastian und zog sie in Richtung Parkplatz. Er lief schnell. Lena rutschte auf einem Schneefleckchen aus. Seit sie die eisige Luft der Winternacht einatmete, drehte sich irgendwie alles vor ihren Augen. Es war wie auf der Achterbahn. Sie stolperte und stieß gegen Bastian.

„Tut mir leid ..." Sie versuchte sich zu befreien.

„Muß nicht sein", hörte sie seine belustigte Stimme. „Ich hab's gern, wenn du kuschelst!"

Irgendwie kamen seine Hände genau an der Stelle zu liegen, wo sich die bescheidenen Anfänge ihres Busens befanden. Lena zuckte zusammen. Sie wußte nicht, was ihr peinlicher war. Die intime Berührung an sich oder daß Bastian so direkt fühlte, wie gering die Wölbung dort war. Sie riß sich mit einem erstickten Laut von ihm los. Gut, daß man in der Dunkelheit nicht sah, wie rot sie geworden war.

„Hey komm, sei nicht so prüde!" Bastian faßte sofort nach. „Verstehst du keinen Spaß?"

Lena wich nach hinten aus und stieß gegen einen geparkten Wagen. Für ein paar Sekunden ging die Innenbeleuchtung an, und sie sah ein Pärchen erschreckt auseinanderfahren. Offensichtlich hatte sie gestört. Das Mädchen hatte Mantel und Bluse aufgeknöpft, und jede Menge nackte Haut schimmerte blaß im Licht. Mit grimmigem Gesicht unter zerzausten Haaren knipste der Junge das kleine Lämpchen wieder aus.

Spaß? Meinte Bastian etwa das mit Spaß? Knutschen? Fummeln? Vielleicht sogar mehr? Petting? Sex? Aber doch nicht mit Pepsis Freund! Das wußte sie trotz des Alkohols, der das logische Denken zur Schwerstarbeit machte.

Das Licht war wieder ausgegangen, und Lena begriff, daß die beiden im Auto mit sich selbst beschäftigt waren.

Die Dunkelheit verbarg ihre Panik. In ihrem Kopf drehte sich alles! Was sollte sie tun?

# 5

„Komm schon, steig endlich ein, Lena!“ Bastian hielt die Autotür auf. Seine Stimme klang ungeduldig. „Glaubst du, ich will hier draußen anfrieren?“

Lena zog das Anfrieren dem vor, was Bastian möglicherweise von ihr erwartete. Jetzt begriff sie, warum er den besorgten Taxifahrer für sie spielen wollte. Und sogar in ihrem schwer benebelten Zustand war ihr klar: Er war nicht der Junge, mit dem sie diese Erfahrungen zum ersten Mal machen wollte. Lena versuchte sich in Sicherheit zu bringen. Sie durfte auf keinen Fall in diesen Wagen steigen.

„Jetzt zick dich doch nicht so albern.“ Bastian hörte sich immer ungeduldiger an. „Wir können eine Menge Fun miteinander haben ...“

Ganz in der Nähe knatterte ein Motorroller und erstickte den Rest des Satzes im Lärm. Lena fand ihre Stimme wieder, aber sie klang so erstickt, als habe sie einen Tischtennisball in der Kehle.

„Ich ... ich n-nehm’ doch lieber den B-Bus, Bastian. Vielen Dank ...“ Sie wirbelte auf dem Absatz herum und wollte davonlaufen. Bastian war schneller. Sie unterdrückte einen Aufschrei, als er sie am Oberarm packte. Vermutlich brachte ihr dieser Abend außer Ärger auch eine ganze Reihe blauer Flecken ein ...

„Lasch mich los, du tust m-mir weh ...“ Sie wehrte sich. Eine Naht riß. Verdammt, hoffentlich ihr Mantel und nicht Mutters sündteure Jacke!

„Störe ich? Hat dein turboscharfer Charme nachgelassen, Siebold, oder mußt du deine Mädchen seit neuestem mit Gewalt von deinen Qualitäten überzeugen? Ziemlich schwaches Bild, wenn du mich fragst!"

Der knatternde Motorroller wurde neben ihnen abgewürgt. Lena versuchte, die dunkle Gestalt zu erkennen, die mit dem Rücken zum Lichtkreis der Straßenlaterne stand. Irgend etwas an Größe und Umriß kam ihr seltsam bekannt vor.

Bastian identifizierte den Störenfried auf Anhieb. Immerhin war er bis zur Zehnten in eine Klasse mit ihm gegangen. „Hau ab, Scheibler. Das ist meine Angelegenheit", knurrte er wütend, nahm aber trotzdem seine Hand von Lenas Arm und Mantel.

„Tatsächlich? Und was meint deine Freundin dazu?"

„I-ich bin nischt seine Freundin", stammelte Lena. Sie haßte sich dafür. Ausgerechnet Christian Scheibler! War der auch im Crash gewesen? Sie hatte ihn gar nicht gesehen! Was würde er nur von ihr denken? „P-Pepsi gehört zu ihm. Er wollte mich nur heimbringen, weil ich schon so schpät dran bin. Ist ... ist aber schon okay, ich nehme lieber den B-Bus ..."

Ehe einer von beiden reagieren konnte, war sie zwischen dem Roller und Bastian hindurchgeschlüpft. Ohne sich einmal umzusehen, lief sie bis zur Bushaltestelle. Ziemlich außer Atem drückte sie sich in die dunkelste Ecke des überdachten Unterstandes. Sie rechnete zwar nicht damit, daß Bastian ihr folgen würde. Aber ein Rest von Angst blieb. Um diese Zeit waren auch in einer Großstadt nicht mehr allzu viele Menschen unterwegs.

Gegenüber hielt der Bus in die entgegengesetzte Richtung. Lena wäre am liebsten eingestiegen, nur um fortzukommen. Sie hatte Angst hierzubleiben, Angst, noch länger zu warten, und Angst, nach Hause zu gehen. Vermutlich würde Mami dieses Mal echt den Aufstand proben. Heute abend hatte sie sich gründlich in die Nesseln gesetzt. Sie spürte, daß ihr die Tränen kamen, und schluckte. Heulen brachte jetzt auch nichts.

„Hast du eigentlich total den Verstand verloren? Du bist doch keine von den Gänsen, die auf Bastian Siebold hereinfallen, oder?"

„Waaaa ..." Lena schlug die Hand vor den Mund. Das Geräusch des abfahrenden Busses hatte Christian Scheiblers Gefährt übertönt. Er stemmte bereits beide Beine auf die Straße und schob den Roller vor das Wartehäuschen.

„Meine G-Güte." Lena zitterten die Knie. „H-hast du m-mich erschreckt." Vorsichtig schaute sie sich um.

„Wenn du unseren begriffsstutzigen Schulplayboy suchst, der ist zu seinen Fans ins Crash zurück." Christian deutete ihre Blicke völlig richtig. Er nahm den Helm mit dem hochgeklappten Visier ab und rückte seine Brille wieder gerade. „Traurig deswegen?"

Lena versuchte, sich zu konzentrieren, aber das war gar nicht so einfach, wenn einem die Zunge nicht gehorchte und die Gestalt, die vor einem stand, abwechselnd einfache und dann wieder doppelte Konturen hatte. Sie schwankte und stützte sich hilfesuchend an die Plexiglaswand mit den halb abgerissenen Reklamezetteln und Wohnungsgesuchen.

„Red keinen Stuß", murmelte sie undeutlich. „Ich bin ... isch bin ..."

„Auf jeden Fall bist du total beschwipst!" stellte Christian fest. „Du kannst ja kaum noch geradeaus sehen.

Kleine Mädchen sollten sich nicht mit Cuba libre abfüllen lassen, wenn sie's nicht vertragen ..."

„Qu-Quatsch", protestierte Lena, und der Rest ihrer geplanten Antwort scheiterte schon an dem schwierigen Versuch, dieses eine Wort auszusprechen.

„Sagte die Fliege zum Frosch, ehe er sie fraß!"

Christian sah wütend aus. Warum nur? Daß sie neulich ein paar Sätze mit ihm gesprochen hatte, gab ihm doch kein Recht, ihr Vorschriften zu machen.

„Wie alt bist du eigentlich?" fragte er gereizt. „Sicher noch keine sechzehn, was? Jede Jugendschutzkontrolle würde sich freuen, dich aufzugabeln. Es geht mich ja echt nichts an, aber es würde mich trotzdem interessieren, warum du mit Siebolds Clique durch die Gegend ziehst. Weißt du nicht, was das für üble Typen sind? Bist du so naiv, oder läufst du mit geschlossenen Augen und verklebten Ohren durch unsere Schule?"

„Du hörst dich an wie meine Mutter", stöhnte Lena gequält. Hinter ihren Schläfen pochte es widerlich, aber die frische Luft klärte wenigstens etwas den dichten Nebel, der ihren Verstand umgab.

„Die scheint wenigstens klar denken zu können", schnaubte Christian.

„Das geht ... kann isch auch ..." In Lenas Hirn war der Satz ganz klar, aber die Art, wie sie ihn aussprach, bewies, daß Christian recht hatte.

Er sah kopfschüttelnd auf sie herab. „Wie hättest du dir Bastian eigentlich vom Leib halten wollen, wenn ich nicht gekommen wäre? Ist dir klar, daß er mit den anderen gewettet hat, daß er dich heute noch umlegt?"

„Er hat *was*?"

Aber es war gar nicht nötig, daß Christian seine Frage wiederholte. Lena hatte endlich das fehlende Stück des Puzzles gefunden. Sie wurde rot und erinnerte sich an Bastians unverschämte Hände auf ihrem Körper. Kleinlaut verschränkte sie die Arme vor der Brust und wich wieder einen Schritt in den Schatten des Wartehäuschens zurück.

„Woher willst du denn das wissen?“ fragte sie trotzig.

„Wenn du heute nicht so beschäftigt gewesen wärst, hättest du vielleicht bemerkt, daß ich nicht weit von euch an der Bar gesessen hab'. Es war gar nicht zu überhören, als sich der Siebold-Fanclub lautstark über die Wette amüsiert hat. Du hast da übrigens gerade selig in den Armen unseres Playboys getanzt ... Warum zum Kuckuck bist du so dämlich, dich Bastian Siebold an den Hals zu werfen?“

„Ich ... ich hab' mich niemandem an den Hals geworfen“, verteidigte sich Lena aufsässig. „Bastian ist der Freund von Pepsi, und die ist meine beste Freundin. Soll ich ihm vielleicht eine kleben, wenn er mich zum Tanzen auffordert? Wie stellst du dir das vor?“

„Pepsi Maiberger?“ Christian prustete verächtlich. „Na, hör mal, mit deinen sogenannten Freunden brauchst du echt keine Feinde mehr. Pepsi Maiberger mag nur einen einzigen Menschen auf der Welt, und der guckt ihr jeden Morgen aus dem Spiegel entgegen.“

„Du mußt es ja wissen!“ Lena brauste wütend auf. Was wollte dieser aufgeblasene Wichtigtuer überhaupt? „Ein Glück, daß mich deine Meinung ... hunnertprozentig kaltläßt!“

Christian tippte sich mit dem Zeigefinger an die Stirn

und verdrehte die Augen. „Warum kümmere ich mich um dich? Ich muß bescheuert sein!“

„Dann laß es doch bleiben!“

Einen Moment lang sah es so aus, als wolle er seinen Helm wieder aufsetzen. Dann hob er die Schultern und fuhr sich mit der freien Hand durch die Haare.

„Du kannst hier nicht stehenbleiben“, sagte er kurz. „Wer weiß, wann der nächste Bus kommt. Um die Zeit sind die Abstände vierzig Minuten.“

Lena sparte sich die Antwort. Sie starrte trotzig an ihm vorbei. Es war kalt, ihr war schwindelig, und sie hätte sich am liebsten übergeben. Sie sehnte sich nach einem Menschen, der sie einfach in die Arme nahm und tröstete. Nach irgend jemandem, der sie mochte und nicht ständig kritisierte.

Bei ihrer Mutter hatte sie da heute mit Sicherheit schlechte Karten. Die Wahrscheinlichkeit, daß sie daheim mit einer Ohrfeige empfangen wurde, war ungleich größer als die einer liebevollen Umarmung.

„Ich bring' dich nach Hause“, sagte Christian entschlossen. „Wo wohnst du?“

Das ging ihn doch nichts an! „Verzisch dich!“

„Das täte ich am liebsten“, gab er zu. „Verdient hättest du es auch, aber meine soziale Ader verbietet mir das. Jetzt gib mir schon deine Adresse. Da, setz dir den zweiten Helm auf. Bei deiner Glückssträhne ist es gut möglich, daß du mir noch vom Sattel rollst.“

Lena starrte auf den lackierten Motorradhelm mit den weißen Zackenstreifen, den er ihr entgegenstreckte. Sie machte keine Anstalten, danach zu greifen. „Bist du bei ... bei der Heilsarmee?“ fragte sie aggressiv.

„Sieht so aus." Christian reagierte gelassen. „Jetzt hör auf, dich wie eine kindische Gans zu benehmen. Willst du heim oder nicht?"

Die „kindische Gans" trieb Lena endgültig die Tränen in die Augen. Auch wenn Christian Scheibler noch so dämlich war, von ihm so bezeichnet zu werden war der absolute Hammer.

„Am besten fährst *du* zu mir heim", murmelte sie tränenerstickt. „Dann könntest du zusammen mit meiner Mutter meinen gräßlichen Charakter zerpflücken."

„Hört sich gut an. Also, wo wohnst du, Lena Dominick?"

Lena wischte sich mit dem Handrücken Tränen, Lidschatten und Wimperntusche über die Wangen. Durch Christians Anrede hatte sie eine Idee bekommen. Beschwipst wie sie war, fand sie den Einfall schlicht grandios. Geradezu die umwerfendste Lösung aller Probleme.

„Arabellastraße 239", murmelte sie und stülpte sich den Helm kurz entschlossen über die Haare.

„Warum nicht gleich so!" Christian deutete auf den Rücksitz. Lena kämpfte mit Minikleid und Mantel, bis sie einigermaßen saß.

„Leg die Arme um mich!" forderte Christian, und sie gehorchte müde. Der Motor knatterte los. Lena schloß die Augen unter dem Helmvisier. Ihre Finger fühlten das glatte Leder seiner Jacke, dann wurden sie im Fahrtwind so kalt, daß sie kaum noch wußte, ob sie sich festhielt oder nicht.

Obwohl es sich bei Christians Vespa nur um ein 50er Modell handelte, dauerte es keine zwei Minuten, bis ihr schrecklich übel wurde. Während Häuser und Autos an ihr vorbeiflitzten, schien jeder einzelne Tropfen Cuba libre in ihr um seine Freiheit zu kämpfen.

Zudem pfiff der Wind um Christians Rücken herum und zerrte an ihren Kleidern. Weder der dunkle Swinger noch die schicken, aber hauchdünnen schwarzen Strumpfhosen waren für einen Ausflug mit dem Roller geeignet. Innerhalb weniger Sekunden war Lena steif wie ein Eisblock. Als Christian anhielt, rührte sie sich nicht. Sie hatte Angst, in lauter kleine Splitterchen zu zerbrechen.

Christian schüttelte sie sanft an der Schulter. „Hey, was ist? Schläfst du schon?"

„Hast du mal versucht, in einer rasenden Tiefkühltruhe zu schlafen?" wisperte Lena in einem völlig unpassenden Anflug von Humor. Sie spürte, daß ihre Zähne unkontrolliert aufeinanderschlugen. „Wo sind wir?"

„Arabellastraße 239. Kennst du euer Haus nicht mehr?" Christian sah an der regelmäßig gegliederten Fassade des Neubaus hoch und dann wieder zu Lena. Er wirkte nachdenklich. „Steig ab, ich bring' dich zur Tür."

Lena zupfte unter dem Mantel ihr schwarzes Minikleid in Form und legte den Helm auf den Sitz. Sie atmete tief durch, damit der bittere Geschmack in ihrem Mund endlich verschwand. Sie ging voraus, die drei flachen Stufen zum Eingang hinauf. Daß sie dabei mit ihren hohen Schuhen über einen kleinen Absatz stolperte, verdarb die selbstbewußte Show.

„Man könnte meinen, du kommst zum ersten Mal nach Hause", sagte Christian. Er studierte die Namen der Mietparteien so sorgfältig, daß sogar Lena begriff, welchen Verdacht er hegte.

„Was denkst du eigentlich noch von mir?“ fauchte sie. „Meinst du, ich suche mir irgendeine wildfremde Bude zum Schlafen?“

Christian hatte das kleine Messingschild entdeckt. „P. Dominick“ stand da. Alles in Ordnung. Er hatte zuviel Phantasie.

„Reg dich ab“, beruhigte er sie. „Bei deinen merkwürdigen Einfällen würde mich so gut wie nichts überraschen. Wo hast du den Schlüssel?“

Lena hielt die Frage für witzig, auch wenn sie nicht komisch gemeint war. Sie kicherte nervös. „Ich hab' keinen. Ich werd' klingeln, möchtest du das auch noch konro... kontrollieren? Vielleicht gibt's hier einen Hausmeister, der Mädchen überfällt?“

Sie hörte sich diese läppischen Dinge sagen, als sähe sie sich selbst im Fernsehen. Ihre Stimmung schwankte von einer Sekunde zur anderen um hundertachtzig Grad. Im Moment fand sie die phantastische Situation, ihren genialen Einfall und Christians zornige Miene absolut irre.

„Okay, echt zum Totlachen“, gähnte der genervt. „Geh ins Bett, und schlaf deine Drinks aus. Und wenn ich dir einen guten Rat geben darf: Das Crash ist nicht die Szene für dich und Bastian Siebold kein besonders guter Freund. Wenn er dich erst im Bett gehabt hat, läßt er dich fallen wie eine heiße Kartoffel. Du weißt, wie blitzartig so was in der Schule rum ist! Wär' schade um dich. Wenn du nüchtern bist, kannst du ganz nett sein.“

Lena schnappte nach Luft. Jetzt war ihr das Lachen vergangen. Sie grübelte erbittert über eine vernichtende und sehr überlegene Antwort nach, aber Christian stand längst neben seinem Fahrzeug und verschloß gerade seinen Helm.

In der Sprechanlage knackte es, und Lena wandte ihre Aufmerksamkeit dem kleinen Lautsprecher zu. Jetzt kam es darauf an, die richtigen Worte zu finden. Gar nicht so einfach, wenn man zum ersten Mal in fünfzehn Jahren ziemlich betrunken ist ...

# 6

„Wer ist da?“ schnarrte es aus dem rechteckigen, quergestreiften Viereck. Lena hatte Mühe, die undeutliche Stimme zu erkennen.

„Ich bin’s, Lena ...“

„Lena? Um diese Zeit? Du meine Güte, was ist passiert? Komm nach oben, ich mach’ auf!“

Das Summen an der doppelflügeligen Glastür ging im Aufheulen des Mopedmotors unter. Konnte ein Roller wütend tönen? Unsinn! Lena drückte gegen das Glas und schlüpfte hinein.

Die Nachtbeleuchtung war schummrig. Alles wirkte völlig anders wie damals, als ihr Vater ganz stolz seine kleine Wohnung präsentiert hatte. „Du sollst ja wissen, wo ich jetzt daheim bin!“

Ein blöder Witz. So unerträglich wie die Überzeugung, die dahinter stand. Daheim! Pah, daheim waren sie alle zusammen draußen vor der Stadt, im Sonnenblumenweg. Dort, wo jetzt die Kinder spielten, die da gar nichts zu suchen hatten.

Lena wandte sich zum Lift. Ihre Absätze verhakten sich im Schmutzabstreifer. Sie wäre fast gefallen. Komisch, sie nahm sich ganz bewußt vor, einen Schritt hinter dem anderen zu machen, und in Wirklichkeit taten ihre Füße etwas ganz anderes.

Sie lief langsamer, erreichte den Lift und legte den Zeigefinger auf das Quadrat mit dem Pfeil nach oben. Der Spalt in der Aufzugstür öffnete sich mit einem erschöpften Schnaufen. Es klang wie ihre Mutter, wenn sie am

Ende einer endlosen Diskussion die Geduld verlor und sich zwang, tief durchzuatmen, damit sie nicht explodierte.

Der Liftboden bebte leicht, als sie eintrat und sich nach der Stockwerkskala umsah. Rechts neben der Tür. Erwachsenenhöhe. Kleine Kinder waren hier weder erwünscht noch eingeplant. Aber wo waren schon Kinder erwünscht! Was für Dinge durch ihren Kopf geisterten ...

Sie sollte sich besser überlegen, was sie gleich ihrem Vater sagen wollte. Einem fast schon geschiedenen Vater, dem zwischen Freitagnacht und Samstagmorgen unerwartet die Tochter ins Haus schneite. Eine Tochter, die er doch an die Mutter abgeschoben hatte.

Auch wenn Lena wußte, daß sie – wie ihre Mutter es so schön nannte – ungerecht vereinfachte, sie blieb dabei. Sie hatte fünf Stockwerke Zeit, um sich wieder so richtig über das Unrecht aufzuregen, das ihr Mami und Dad antaten. Jene Eltern, die ihr fünfzehn Jahre lang gepredigt hatten, daß alles nach bestimmten Regeln gemacht werden mußte. Die sich aber nicht scheuten, all diese Regeln zu brechen, wenn es um das eigene Leben ging.

„Lena! Lieber Himmel, was ist los? Was willst du um diese Zeit von mir? Wie siehst du aus, Kind? Hattest du einen Unfall?“

Peter Dominick, mit zerstrubbelten Haaren, im nachlässig verknoteten Morgenmantel, sah aus wie ein Fremder. Ein fremder Mann, aufgeregt, mit dunkel behaarten Beinen und bloßen Füßen, die auf dem genoppten blauen Gummiboden nackt und schutzlos aussahen. Er hatte die Sekunden gezählt, bis der Lift oben war. Lena, erschrokken über seinen Anblick, so direkt vor den aufgehenden

ralwasser. Plötzlich störte sie das vertraute Duftgemisch des Stoffes. Sie stieß sich von der Wand ab, wich den Augen ihres Vaters aus und ging vor ihm ins schummrig beleuchtete Wohnzimmer. Eine schmale Gestalt im schwarzen, zerrissenen Mantel, den sie nun auf den Boden fallen ließ. Die mintfarbene Seidenjacke warf Falten am Rücken, als sie nun lässig die Schultern zuckte.

„Ich dachte, ich ... kann bei dir bli ... bleiben“, erklärte sie dabei und schlüpfte auch aus den hochhackigen Schuhen. Sie vergrub die schwarzbestrumpften Zehen im Teppichplüsch und schwankte ein bißchen dabei. „Mami bin ich doch sowieso nur im Weg!“

„Und das stellst du Freitagnacht beziehungsweise Samstagmorgen aus heiterem Himmel fest?“ Peter Dominick hatte seine erste Verblüffung endlich überwunden. „Meine Güte, Lena, bist du noch zu retten? Ich dachte, es ist etwas passiert! Ein Unglück, ein Unfall oder eine andere Katastrophe!“

Lena sank in den nächsten Sessel und schob schmollend die Unterlippe vor. „Findest du esch normal, daß Mami sich nicht mehr um mich kümmert? Daß sie nur noch ... diesen blöden Schob im Kopf hat ... Das ist eine Kaschtastrophe!“ Der kleine Hickser, mit dem Lena diese Rede krönte, nahm ihr viel von der beabsichtigten Dramatik.

„Sag mal“, ihr Vater runzelte die Stirn. Er kam näher und kniff die Augen zusammen. „Was ist eigentlich mit dir los? Wie redest du denn? Und wie du aussiehst! Hast du ...“ Er unterbrach sich. „Hast du etwas genommen?“

Lena blinzelte. Wußte er von dem Zwanziger, den sie vorgestern aus Mutters Handtasche genommen hatte? Wovon sollte sie sonst die Kinokarten, Hamburger und

Colas bezahlen, die sie in Pepsis Gesellschaft benötigte? Trotzig legte sie die Füße über die Sessellehne und schwieg. Schweigen war nicht Lügen. Schweigen war Notwehr. Erlaubte Waffe im Krieg gegen die lieben Erzeuger.

„Lena ..." Lena sah, wie sich ihr Vater aufpustete. Er glich einem hochroten Luftballon. Wann platzen väterliche Luftballons?

„Pit? Piiit, wo bleibst du denn? Was ..."

Lenas Füße schrammten von der Sessellehne. Plötzlich waren sie wie aus Blei. Schwer wie der Schlag, der eben in ihre Magengrube gefahren war. Betroffen starrte sie das Mädchen an, das in der Tür zum Schlafzimmer stand und nichts als eine offene Schlafanzugjacke trug.

Eine Barbiepuppe. Blonde Mähne, riesige blaue Augen, Schmollmund, ewig lange Beine und eine Topfigur. Links fiel die Jacke über die Schulter und gab eine bloße Brust frei. Klein, aber mit einer großen braunen Warze. Keine Frage, woher die Tante kam. Aus dem Bett ihres Papis! Lena konnte sich nicht mehr rühren. Sie war ganz steif vor Abscheu. Wenn das Mädchen dort ganze fünf Jahre älter war als sie, dann war das schon viel.

„Misch dich da nicht ein, Manuela! Das ist meine Tochter", erklärte Peter Dominick inzwischen deutlich unwirsch. „Und wenn mich nicht alles täuscht, hat sie irgendwas genommen!"

Lena war zu schockiert, um den Verdacht abzuwehren.

„Wer ist denn *die*?" zischte sie und war selbst überrascht, wieviel Verachtung sie in drei einfache Buchstaben legen konnte.

Es hatte zur Folge, daß *die* die Schlafanzugjacke zuzog

und der Mannequinbusen verschwand. Lenas Hände ballten sich wie von selbst zu Fäusten. Sie fixierte ihren Vater.

„Und ich hab' b-behauptet, daß Mami lügt! Daß du keine Freundin hast, daß du uns beide liebst und nur sie mit ihrer blöden Kar... Karrieregeilheit daran schuld ist, daß wir so beschissen dran sind!"

Sie war mit ihren Vorwürfen noch nicht am Ende, als sie auch schon ihren Vater erreicht hatte und wie eine Besessene mit beiden Fäusten auf ihn eintrommelte. Sie schlug, wohin sie traf. Brust, Schultern, Gesicht. Mit voller Wucht und einer Kraft, die sich aus jeder Menge Verzweiflung und Wut zusammensetzte. Sie wollte verletzen, so wie sie verletzt worden war.

„Von wegen Drogen! Um Gottes willen, wo lebst du, Pit! Merkst du das nicht? Die Kleine ist betrunken!"

Manuelas amüsierte Stimme drang schwach durch den puren Haß, der Lena erfüllte. Da ihr Vater ihre Hände an den Handgelenken festhielt, konnte sie nur den Kopf herumdrehen, um zu antworten.

„Lieber betrunken als ein Flitt... Flittchen, das sich an verheiratete Männer ranschmeißt ..."

„Das reicht, Lena!" Sie wurde unsanft in den nächsten Sessel gedrückt. „Stimmt das? Was hast du getrunken?"

Der hysterische Ausbruch hatte Lena erschöpft. Sie keuchte, und das Zittern ihrer Fäuste übertrug sich durch die Arme, die Schultern auf den ganzen Körper. Sie zog die Beine an und legte den Kopf auf die Knie. Als sie ihn schüttelte, fielen die Haare wie ein Vorhang über ihr Gesicht.

„Nur ...", murmelte sie heiser, „nur Cuba libre ..."

Warum ließ er sie nicht in Ruhe? Warum machte er mit

seinem Betthasen nicht dort weiter, wo sie die beiden vorhin vermutlich unterbrochen hatte? Es war alles so widerlich, daß Lena die pure Galle im Mund zu schmekken glaubte.

„Rum also. Wieviel?“

Wieder ein stummes Schulterzucken.

„Weiß deine Mutter, wo du bist?“

Der Haarvorhang schwang von rechts nach links und wieder zurück.

„Soll das heißen, Rena wartet seit Stunden darauf, daß du nach Hause kommst?“

Die Mähne bewegte sich nicht, aber die Antwort war auch so klar. Lena hörte den tiefen Atemzug ihres Vaters, dann Schritte. Endlich das Klicken des Tastentelefons.

„Ich bin's, Rena! Ich wollte dir nur sagen, daß unsere Tochter bei mir ist ...“

Die aufgeregte Antwort ihrer Mutter klang als unverständliches Quäken durch den stillen Raum. Erst nach mehreren Versuchen kam Peter Dominick wieder zu Wort und schilderte kurz, was sich ereignet hatte. Wenigstens das, was er von den Ereignissen wußte. Lena hob den Kopf und strich sich die wirren Strähnen aus der Stirn. Noch nie hatte sie sich so gedemütigt und erschöpft gefühlt.

„Vergiß nicht, ihr zu sagen, daß ich dich dummerweise mitten in ... in einer heißen Nummer mit deiner aktuellen Freundin gestört habe“, rief sie so laut, daß Rena Dominick es womöglich sogar ohne Telefon gehört hätte.

„Nein, mach dir keine Sorgen. Ich setze sie in ein Taxi und schicke sie sofort nach Hause. Ja, natürlich, du kannst dich auf mich verlassen ...“

Daß er sich weder die Mühe machte, ihrer Mutter den Zwischenruf zu erklären, noch sich irgendwie verteidigte, war in Lenas Augen der Gipfel der Geschmacklosigkeit. Sie schaute sich um und bemerkte, daß die Barbie ins Schlafzimmer gegangen war. Die Tür hatte sie offengelassen. Vermutlich amüsierte sie sich auch noch über den Familienstreit.

„So, und nun zu uns beiden, Lena!“ Dieses Mal war sie nicht fähig, sich von den lächerlichen Einzelheiten seiner Erscheinung ablenken zu lassen. Sie schaute in wütende Vateraugen. Sie signalisierten keinerlei Verständnis.

„Ich finde es ausgesprochen mies und hinterhältig von dir, mich gegen deine Mutter ausspielen zu wollen. Du hast dich an die Vorschriften zu halten, die sie für dich aufstellt. Wenn du dich auf billige Art und Weise an ihr rächen willst, indem du sie genüßlich in Angst und Schrecken versetzt, dann ist das absolut das Letzte! Was willst du damit eigentlich erreichen?“

Lena schwieg. Jetzt von ihrer Hoffnung zu sprechen, daß die Eltern, vom Schock sensibilisiert, wie durch ein Wunder einsehen würden, daß sie einen Fehler gemacht hatten, und alles wieder wie früher werden würde, kam ihr plötzlich selbst kindisch vor.

„Glaub nur nicht, daß wir auf deine Spielchen hereinfallen“, ging die Predigt weiter. „Mit Frechheit, Trotz und lahmen Schulleistungen gewinnst du keinen Blumentopf bei uns. Es ist nur ein Zeichen dafür, daß wir dich in den letzten Jahren sträflich verwöhnt haben. Du denkst, daß sich alles nach dir richten muß. Es wird höchste Zeit, daß du von dieser irrigen Meinung geheilt wirst. Finde dich mit den Tatsachen ab. Rena und ich leben in Scheidung.

Jeder von uns lebt sein eigenes Leben. Dazu gehören auch andere Partner. Du hast nicht den geringsten Grund, mir irgendwelche Vorwürfe zu machen!"

Lena schnappte nach Luft. Sie verschränkte die Arme vor der mintfarbenen Seidenjacke und preßte die Lippen aufeinander. Vergessene Bilder tauchten wie zum Hohn vor ihr auf. Das Haus. Die Eltern, als sie noch Eltern waren, wie es sich gehörte. Der Umzug. Die Geburtstagsparty, die keine war. Die Tränen. Die Verzweiflung. Die Einsamkeit. Keinen Grund für Vorwürfe? Meinte er das im Ernst?

Und ob er das tat. „Schau, Lena! Ich bin immer für dich da, wenn du Kummer oder Probleme hast. Richtigen Kummer und schwerwiegende Probleme. Keinen Zoff, den du selbst vom Zaun brichst, weil du meinst, daß du nicht genügend Aufmerksamkeit von Rena und mir bekommst."

Bravo! Klang das nicht nach verständnisvollem Übervater? Tag und Nacht für sein irregeleitetes Kind da! Wenn nicht gerade Manuela den Mannequinbusen freilegte. Lena preßte den Mund noch fester zusammen. Sie behielt die bösen Sätze für sich.

Es hatte keinen Sinn. Auch wenn er sich bemühte, Worte zu verwenden, die aus ihrem Sprachschatz stammten, er redete reinstes Chinesisch. Hinterkaschnukistanisch. Unverständliches. Typisch Eltern eben.

„So, damit wollen wir einen Schlußpunkt unter deinen mißglückten Auftritt setzen", ging die Rede des Herrn Erzeugers weiter. „Ich nehme doch an, daß du künftig kein Ausgehverbot riskierst und pünktlich nach Hause kommst. Und noch etwas, Cuba libre ist kein Getränk für

Fünfzehnjährige, Lena. Wenn du ausgehst, solltest du dich an alkoholfreie Drinks halten, verstanden?"

Nein, verstanden hatte sie ihn nicht. Was hatte den Vater, den sie gesucht hatte, in Manuelas Freund verwandelt? In den zornigen, mühsam beherrschten Mann, der ihr die Regeln für anständige Töchter vorbetete? Welche Veranlassung hatte sie eigentlich, sich an diese mittelalterlichen Vorschriften zu halten, wenn er selbst damit begonnen hatte, sie zu brechen?

„Warum antwortest du nicht?"

Er bestand darauf, daß sie etwas von sich gab. Aber sie hatte nicht mehr die Kraft zum Lügen.

„Was soll ich zu deiner Predigt noch sagen?"

„Jetzt werde bloß nicht frech! Redest du so mit deiner Mutter? Kein Wunder, daß sie mit den Nerven am Ende ist!"

Lena versteifte sich trotzig. Sie fixierte die Lichtbahn, die durch den Schlafzimmertürspalt fiel. Barbie in Papis Bett. Kam er sich nicht lächerlich vor?

Ein Seufzer antwortete ihr wie ein Echo. Peter Dominick stieß die Luft langsam aus. Wäre sie in Reagenzgläser verpackt worden, hätte sie das Prädikat „väterliche Ratlosigkeit" bekommen. So verteilte sie sich lediglich im Zimmer. Kam zu kaltem Rauch, abgestandenem Sekt und fremdem Parfüm. Manuela-Parfüm, süß, blumig, ekelerregend. Lena hätte sich am liebsten die Nase zugehalten.

Ihr Vater drehte ihr den Rücken zu, deswegen verzichtete sie darauf. Er telefonierte schon wieder. Dieses Mal mit der Taxizentrale. Dann verschwand er im Schlafzimmer und kam im Jogginganzug zurück.

„Ich bringe dich nach unten und bezahle das Taxi“, erklärte er knapp. „Ich möchte sichergehen, daß das für heute dein letzter Ausflug war.“

Seine Angst war umsonst, aber das mochte sie nicht mehr sagen. Wohin konnte sie schon gehen? Er war ihre einzige und letzte Zuflucht gewesen. Eine Illusion. Lena packte ihre Umhängetasche wie einen Rettungsreifen. Er setzte sie also vor die Tür.

„Du willst mich wohl loswerden, damit sich deine Manuela im Bett nicht langweilt, was?“ murmelte sie leise, aber gehässig.

Trotzdem deutlich genug, daß eine Hand in ihr Gesicht klatschte. Ein lautes, unverkennbar häßliches Geräusch. Der Schmerz war viel geringer als die grenzenlose Verblüffung. Lena starrte ihren Vater an. Sie sah, wie die Röte aus dem engen Sweatshirtkragen stieg und über seine Wangen mit dem Bartschatten die Stirn erreichte. Sie konnte sich nicht erinnern, wann er sie überhaupt jemals geschlagen hatte.

„Das hast du dir selbst zuzuschreiben.“ Jedes Wort schien ihm Mühe zu bereiten. „Es tut mir nicht leid, daß ich dir diese Ohrfeige gegeben habe. Ich bedauere nur, daß ich es nicht schon ein halbes Jahr früher getan habe.“

Lena preßte die Lippen aufeinander. Sie machte auf dem Absatz kehrt und ging zur Tür. Sie merkte, daß er ihr folgte, aber sie schaute sich nicht um. Das war kein Vater mehr. Manuelas Freund. Mutters Exmann. Einer, der zuhaute, statt zu verstehen. Der Vorwürfe machte, statt zu helfen. Ihretwegen durfte Barbie-Manuela ihn behalten. Sie mochte ihn nicht mehr ...

Der Taxifahrer war so dick, daß das Steuerrad eine Kuhle in seinen Bauch drückte. Er schnaufte prustend, als er die Quittung ausfüllte, die Peter Dominick haben wollte. Lena setzte sich stumm auf die Rückbank und sah starr geradeaus. Sie überhörte den Abschiedsgruß ihres Vaters. Auch die Fragen des Dicken, der neugierig wissen wollte, wie das Mädchen mit der Kriegsbemalung und der wütende Mann zusammenhingen.

Es war nicht einmal böse Absicht. Sie sah zwar, daß beide den Mund öffneten und mit ihr sprachen, aber der genaue Sinn ihrer Worte drang nicht bis in ihren Kopf vor. Ihr Verstand war völlig blockiert. Abgestürzt, wie einer von Vaters Computern.

Lena schien es, als hätte dieser eine Freitagabend Jahre gedauert. Tage, Wochen und Monate, in denen die Welt ein neues Gesicht bekommen hatte. Es wäre ihrer Meinung nach auch gerechter gewesen. Diese lumpigen paar Stunden mußten von den Ereignissen doch glatt überfordert sein. Es konnte doch nicht sein, daß so einschneidende Dinge in Minuten, sogar in Bruchteilen von Sekunden passierten.

Hatte sie wirklich von einem Augenblick zum anderen begriffen, daß sie total allein war? Daß sie auch ihr geliebter Dad völlig im Stich ließ?

# 7

Lena starrte auf die Klingel. Solange sie das runde, cremefarbene Plastikknöpfchen nicht berührte, hatte sie eine Galgenfrist. Eine kleine Pause, ehe Vorwürfe, Tränen und Empörung über sie hereinbrachen. Sie kannte ihre Mutter. Entweder hatte sie den hysterischen Anfall bereits hinter sich, oder sie stand kurz davor.

In Lenas Kopf dröhnte es. Einigermaßen klar denken konnte sie mittlerweile, aber der Boden unter ihren Füßen schwankte noch immer. Außerdem war in ihrem Magen der Teufel los. Jetzt hieß es zusammenreißen, Lena! Die offensichtliche Wirkung der Cuba libre steigerten Mamis Laune bestimmt nicht.

Rena Dominick schien am Fenster gestanden und das Taxi erwartet zu haben. Lena brauchte sich gar nicht dazu zu entschließen, den Klingelknopf zu drücken, denn die Wohnungstür wurde auch so aufgerissen. Die Mutter trat zur Seite. Schweigend. Jeder wohlgepflegte Zentimeter eine empörte Erziehungsberechtigte, die sich beherrschte, bis kein sensationshungriges Nachbarohr die Predigt mitbekam, die sie vorbereitet hatte.

Schau mich an, Lena, so sieht eine Mutter aus, die sich um ihre Tochter gesorgt hat. Übernächtigt, mit den Nerven am Ende. Lena hörte den Satz förmlich.

Sie mied den Blick ihrer Mutter. Sie sah lieber ihre Zimmertür an. Ausgesprochen sehnsüchtig. Jetzt den Kopf unter die Bettdecke stecken können und einfach reglos liegenbleiben. Weder denken noch fühlen und schon gar nichts hören müssen. Unerfüllbare Wünsche.

So exotisch wie die dumme Vorstellung, daß aus Renate und Peter Dominick jemals wieder Eltern werden würden.

„Ich hoffe, es hat dir wenigstens Spaß gemacht, mich um meine Nachtruhe zu bringen.“

In Lenas Schultern zogen Bleigewichte die Knochen nach unten. Jetzt war ja auch nicht mehr wichtig, ob man das bißchen Busen sah, das sie unter der Jacke trug. Sie registrierte, daß sich ihre Mutter für die spöttische Variante entschieden hatte. Eine Prise Ironie gemischt mit Lebensweisheit.

Normalerweise brachte Lena diese überhebliche Masche erst richtig in Weißglut. Heute prallten die Sätze ab. Das Licht schmerzte in ihren Augen, und ihr Magen rebellierte. Sie schlüpfte aus dem Mantel und plazierte ihn pedantisch genau auf den Bügel. Exakt in der Mitte. Reines Zeitschinden, kein Anfall von Ordnung. Mutter hielt es irrtümlicherweise kurz für den Versuch, gutes Wetter zu machen. Dann bemerkte sie, daß Lena darunter ihren teuren Seidenblouson getragen hatte.

„Wie schön, daß dir meine Sachen gefallen“, fauchte sie. „Kannst du mir erklären, was diese Einlage heute abend bedeuten soll? Warum bist du nicht pünktlich nach Hause gekommen? Wo hast du überhaupt gesteckt? Bist du verrückt, die halbe Nacht wegzubleiben? Was wolltest du bei deinem Vater?“

Lenas Zunge war bleischwer. „Weiß nicht. Vielleicht wollte ich seine neue Freundin endlich kennenlernen.“

Okay, das war gemein. Lena erschrak selbst ein bißchen, als sie ihre eigenen Worte hörte. Sie verriet ihren Vater. Bei einigermaßem klarem Bewußtsein. Aber er hatte es nicht besser verdient!

Ihre Mutter reagierte nur unwirsch. „Mach dich nicht lächerlich. Du wolltest dich hinter deinem Vater verstekken, weil du gewußt hast, daß dieses Mal bei mir der Ofen aus ist. Aber so nicht, meine Dame!“

War das alles, was sie zum Thema „Vaters neue Freundin“ zu sagen hatte? War sie so auf die Untaten ihrer Tochter festgelegt, daß alles andere an ihr abglitt?

„Was heißt hier lächerlich ...“ Lena schüttelte die hohen Schuhe ab. Ohne die würde sie hoffentlich einigermaßen gerade gehen können. Sich auf jeden Schritt konzentrierend ging sie in das beigegrüne Wohnzimmer, an das sie sich noch immer nicht gewöhnt hatte. „Findest du es etwa lächerlich, wenn sich Dad eine Freundin ins Bett holt, die keine fünf Jahre älter ist als ich?“

„Spar dir deine Ablenkungsmanöver, Lena! Wir reden von dir und davon, wie du dich aufführst. Deine schulischen Leistungen sind ein Skandal, und dein Benehmen mir gegenüber ist eine absolute Frechheit. Ich lasse mir das nicht länger bieten. Ab sofort bist du jeden Abend zu Hause, und dein Taschengeld wird um ein Drittel gekürzt. Kein Kino, keine Disco, keine Partys bis zum Zwischenzeugnis. Erst wenn deine Noten wieder wie früher sind, werden wir weitersehen. So geht es künftig mit uns beiden nicht weiter!“

Die unheilvolle Drohung bewirkte bei Lena alles andere als Einsicht. Wer benahm sich hier eigentlich unfair? Was sollten diese kleinkarierten Schikanen? Hatte sie vielleicht damit angefangen, die kleine Familie, die sie einmal gewesen waren, in ihre Einzelteile zu zerlegen? Doch wohl nicht!

„Du nimmst mich bloß als Sündenbock her, weil du

dich über Dad ärgerst“, maulte sie noch eine Nuance biestiger.

Lena rechnete insgeheim mit der zweiten Ohrfeige dieser ätzenden Nacht. In dem leichten Nebel, in dem sie sich bewegte, war ihr das in dem Moment auch egal. Aber nichts passierte. Ihre Mutter betrachtete sie wie einen unliebsamen Fleck auf ihrer Lieblingsbluse.

„Dein Vater hat recht“, sagte sie für Lena völlig zusammenhangslos. „Ich habe dich falsch behandelt. Ich habe einen Fehler gemacht.“

Ein winziger Funke Hoffnung flackerte in Lena auf. Plötzliche Einsicht bei ihrer Mutter? Mitleid? Verständnis?

Die Fortsetzung der Rede machte ihren Illusionen umgehend und schonungslos den Garaus. Rena Dominick hatte anscheinend jedes psychologische Einfühlungsvermögen verloren.

„Ich dachte, daß du irgendwann von selbst zur Vernunft kommst. Daß du alt genug bist, um meinen Standpunkt zu begreifen, und wenigstens ein bißchen Solidarität entwickelst, damit wir gemeinsam unseren Alltag wieder in den Griff kriegen. Ich habe dich überschätzt. Du hast meine Gutmütigkeit nur ausgenützt, um über die Stränge zu schlagen. Hinzu kommt, daß du mich auch noch gegen deinen Vater aufhetzen willst! Ganz davon zu schweigen, daß du heimlich Geld aus meiner Tasche genommen hast. Dachtest du, ich merke das nicht?“

Hilflos öffnete Lena den Mund. Kein Laut kam heraus. Gutmütigkeit? Sie wagte in einem Atemzug mit Ausgehverbot, Taschengeldsperre und Hausarbeit von Gutmütigkeit zu reden? Hysterisches Gekicher stieg wieder in ihr hoch, füllte den Kopf und brannte direkt unter der Haut, daß sie es kaum zurückhalten konnte. Wirklich eine sanftmütige Mami, die da mit hochrotem Kopf das Sündenregister der aufmüpfigen Tochter vortrug.

„Du mußt mir nicht weismachen, daß du im Kino gewesen bist. Ich nehme an, es war eine Disco. Wozu sonst hättest du meine Seidenjacke und diese Kriegsbemalung benötigt? Lena, du schadest doch nur dir selbst, wenn du dich älter machst, als du bist. Glaubst du, die Jungen, die auf diese Äußerlichkeiten hereinfallen, sind das richtige für dich? Meinst du im Ernst, deine Probleme werden weniger, wenn du auch noch mit Jungen herumziehst?“

Mit einem Schlag war die leicht verschwommene Erinnerung an Bastian und seine aufdringlichen Hände wieder da. Jetzt nur nicht rot werden, das wäre Wasser auf Mutters Mühlen. Dann schon lieber an Christian denken, diesen Scheibler und seine selbstherrliche Masche, sich für eine Mischung aus Pädagoge und Streetworker auszugeben.

Er zumindest hätte sich blendend mit ihrer Mutter verstanden. Was sie wohl sagen würde, wenn sie wüßte, daß der Junge, der sie zu Dad gefahren hatte, ihr eine Standpauke gehalten hatte, die sich gar nicht so viel von ihrer eigenen unterschied?

„Mich verdächtigst du, aber die Abenteuer deines Mannes lassen dich kalt“, verteidigte sie sich wütend. Sie zerrte sich die elegante Seidenjacke herunter und warf sie achtlos in die Couchecke. Sollte sie ruhig Falten bekommen. „Da hast du deine blöde Jacke, sie ist mir sowieso zu eng. Außerdem bin ich hundemüde, ich hau’ mich in die Falle, oder bist du mit deiner Predigt noch nicht am Ende?“

Der Blick ihrer Mutter sprach Bände. Lena konnte sich trotz ihres dröhnenden Schädels zusammenreimen, was da alles durch den mütterlichen Kopf raste: ohnmächtiger Zorn, gekränkte Mutterliebe, wütendes Aufbegehren und der feste Vorsatz, sich trotz allem nicht von einer Fünfzehnjährigen auf der Nase herumtanzen zu lassen. Wie Lena ihn haßte, diesen beherrschten Mutterblick.

„Ich bin fertig“, antwortete Rena Dominick leise. „Mehr als du denkst. Und die zwanzig Mark ziehe ich dir vom Rest deines Taschengeldes ab. Gute Nacht, Lena!“

„Nacht ...“

Die Wohnzimmertür hatte eine nagelneue Gummidichtung. Es gab nur ein dezentes Plopp. Schade, Lena hätte gerne das halbe Stockwerk an ihrer Erbitterung teilhaben lassen. Nicht einmal mit den Türen knallen konnte man hier!

So blieb ihr nur das Kopfkissen. Antiallergische Kunststoffflocken, die nachgaben, wenn man hineinbiß. Es schmeckte nach Weichspüler und Machtlosigkeit. Lena wurde übel.

Der Samstag war so trübe wie der Matsch, in den sich die wenigen Schneeflocken verwandelten, sobald sie auf dem Gehsteig weit unter Lenas Fenster den Boden berührten. Die weißen Kristalle färbten sich schon beim Weg über die Dächer in müdes Gräßlichgrau. Stadtgrau. Das sollte Winter sein? Advent? Weihnachtsvorfreude?

Tief in ihre ebenfalls gräßlichgraue Stimmung vertieft zählte Lena ihre Barschaft. Es waren nur wenige Münzen, die da vor ihr lagen. Nicht ein einziger Schein! Und keine Aussicht auf eine Finanzspritze!

Ihr war noch immer schlecht, obwohl sie sich in der Nacht noch übergeben hatte. Ihr Kopf dröhnte wie rasend, und die angedrohte Taschengeldkürzung vervollständigte die Katastrophe. Das Lidschattenset mit den fünf austauschbaren Farben rückte in unerreichbare Ferne. Ganz zu schweigen von der neuen Prince-CD.

Aber die Finanzmisere war nur der letzte Tropfen, der das Faß zum Überlaufen brachte. In ihrem Tagebuch hatte Lena die Negativliste mit dicken schwarzen Filzstiftstrichen und vielen Ausrufezeichen versehen.

Keine Geburtstagsparty! Scheiße!!!
Umzug in eine ätzende Gegend!
Hausarbeit – Würg!!!
Schule – Noch schlimmer!
Ausgehverbot – Gemeinheit!!!
Weniger Taschengeld – Pure Schikane!
Vaters Freundin – Igitt!

Für einen Moment spielte sie mit dem Gedanken, die gesammelten Vorwürfe auf einen Zeichenkarton zu übertragen und an der Zimmertür zu befestigen. Einen schwarzumrahmten Protest gegen die Ungerechtigkeiten dessen, was sich seit September bei Dominicks abspielte. Aber erreichen würde sie damit nicht viel.

Die dürftigen Geldstücke auf ihrer Schreibtischunterlage spiegelten sich in dem kleinen Kosmetikspiegel, den sie vorhin aus dem Bad geholt hatte. Vergangene Nacht hatte sie sich nicht mehr abgeschminkt, und nun saß prompt ein unübersehbarer Pickel mitten in dem kleinen Grübchen an ihrem Kinn.

Vorhin hatte Lena versucht, das häßliche Ding mit einer frühzeitigen Operation zu beseitigen. Jetzt war der Fleck so groß wie ein Pfennigstück, blutete in der Mitte und tat weh. Flacher war er nicht geworden. Nur noch abstoßender als vorher. So abscheulich wie dieses trostlose Wochenende.

Auf dem Flur klingelte das Telefon. Lena blieb sitzen. Falls der Anruf sie betraf, konnte es sich nur um Pepsi handeln. Im Gegensatz zu sonst hatte sie heute keine Lust, die Stunden im Crash mit ihrer besten Freundin durchzuhecheln. So in der Art: Stell dir vor, der Bastian ist auf dem Parkplatz zudringlich geworden! Was der Blödmann sich einbildet ...

Peinlicherweise war der Blödmann Pepsis Freund. Ob sie ihn auch noch für das Größte seit der Erfindung der Rockmusik hielt, wenn sie erfuhr, wie fingerfertig er auf dunklen Parkplätzen war? Sollte sie Bastian verraten?

„Gespräch für dich, Lena!“

Sie zwängte sich, jeden Blickkontakt vermeidend, an ihrer Mutter vorbei zum Telefon. Außer einem ziemlich kühlen Morgengruß, als sie sich so gegen Mittag eine Tüte Milch aus dem Kühlschrank geholt hatte, waren das die ersten vier Worte, die sie von ihr hörte. Nicht, daß es ihr etwas ausmachte, sie schwieg ja ebenfalls. Es war nur verblüffend, daß es Mutter dieses Mal so lange aushielt. Normalerweise konnte sie Lena nie so lange böse sein.

„Endlich!“ beschwerte sich Pepsi, als sie sich meldete. „Von dir hört man ja tolle Sachen!“

„Sachen? Von mir?“ Lena war sich der Tatsache

bewußt, daß Rena Dominick das Garderobentischchen im Flur abstaubte. Gründlich. Lange.

„Seit wann steckst du denn mit dem Scheibler zusammen?" forschte Pepsi, so laut, daß Lena Angst hatte, ihre Mutter würde sogar diesen Teil des Gespräches mithören. „Neulich hast du doch steif und fest behauptet, daß du ihn nicht mal richtig kennst."

Lena verdrehte die Augen. Woher wußte Pepsi Bescheid? Bastian? Am besten war es wohl, sich dumm zu stellen. „Wie kommst du auf so was?"

„Ja, wie wohl, Herzchen? Weil er gestern nacht mit seinem Roller auf dem Parkplatz auf unsere liebe Lena gewartet hat. Stimmt's?"

„Na und?" Lena hatte keine Lust, darüber zu reden. Ganz im Gegensatz zu Pepsi.

„Bastian war ganz schön sauer, daß du ihn wegen dem Scheibler hast abfahren lassen. Was ist denn schon dran an dem Typ? Der ist doch so langweilig, daß man einen Gähnkrampf kriegt, wenn er nur den Mund aufmacht! Typ Grauschleier, Mister Nobody. Leidest du an Geschmacksverirrung?"

Lena hätte gerne gewußt, welche Version Bastian von den Ereignissen auf dem Parkplatz erzählt hatte, aber sie wagte nicht nachzufragen. Nervös drückte sie mit dem Daumen und dem Zeigefinger der linken Hand an ihrem Pickel herum, während sie mit der rechten den Telefonhörer eng an den Kopf preßte. Sie spürte, daß der leichte Schorf auf der kleinen Wunde abging, und ärgerte sich über die eigene Dummheit. So würde das blöde Ding bis Montag nie heilen.

„Hey, wieso sagst du denn nichts?"

Lena blieb zugeknöpft. „Warum sollte ich, du bist ja schon so toll informiert, oder?"

„Hey, spinn nicht! Erzähl, wie ist er?"

„Woher soll ich das wissen? Frag Bastian, der hat doch alles genau gecheckt, oder von wem hast du deine Weisheiten von eben?"

Pepsi gluckste am anderen Ende der Leitung, als hätte sie einen hervorragenden Witz gemacht. Lena sah, daß ihre Mutter jetzt die Messingbügel an der Garderobe wienerte. Einen nach dem anderen. Soviel Hingabe an Glanz und Staubfreiheit, nur weil die Tochter telefonierte!

„Bastian nach dem Scheibler fragen? Du hast sie wohl nicht alle. Der denkt womöglich noch, ich will ihn eifersüchtig machen. Mit einer Brillenschlange, einer Rollermotte, ich kringel' mich bunt!"

„Wenn bei dir der Mensch erst beim Maserati anfängt, hat Bastian mit seiner bemalten Rostlaube wohl auch keinen sehr sicheren Stand, was?"

Lena hatte es bitterböse gemeint, aber Pepsi kicherte über den angeblichen Witz. „Solltest du unter unserem verehrten Lehrkörper oder den Schülern mit Führerschein einen Maseratifahrer kennen, sag mir bitte sofort Bescheid. Ich liebe Sportwagen!"

„Und ich weder Christian Scheibler noch italienische Sportwagen. Tschüs du, ich muß jetzt Schluß machen, meine Mutter braucht das Telefon!"

„Hey, warte! Kommst du heute abend ins Crash? Bringst du deinen Christian mit? Vielleicht verbirgt er ja ungeahnte Qualitäten unter seiner belanglosen Fassade!"

Lena zögerte. Vor Mutters Ohren von dem Ausgehverbot zu erzählen, kam nicht in Frage. Außerdem fand sie den gönnerhaften Ton, mit dem sich Pepsi über ihre nicht existierende Freundschaft mit Christian Scheibler lustig machte, ganz schön überheblich. Als ob ihr blöder Bastian das Nonplusultra wäre!

„Nö, keinen Bock, heute!"

„Bist du krank? Hat dir der Scheibler eine Gehirnwäsche verpaßt, oder hat er Angst, daß ihm Basti einen Kratzer in seine blöde Vespa fährt? Komm schon, du gehörst doch zur Clique. Die anderen warten auf dich!"

Lena schwieg verunsichert. Daß Pepsi sie mochte, glaubte sie zu wissen, aber daß die anderen Wert auf ihr Kommen legten, war neu und verblüffend. Es tat gut und tröstete ein wenig. Trotzdem standen ihre Chancen gleich Null, heute abend nach 18 Uhr auch nur eine halbe Zehe vor die Wohnungstür setzen zu dürfen.

„Ich mag echt nicht, Pepsi", bestand sie auf ihrer Ablehnung. „Mir geht's nicht besonders!" Das wenigstens war eine korrekte Beschreibung der Tatsachen. Sie fühlte sich entsetzlich, von dem Pickel ganz zu schweigen. „Wir sehen uns dann am Montag!"

„Na, dann eben nicht, liebe Tante!"

Ein Klicken verriet, daß Pepsi nach diesem patzigen Abschiedsgruß aufgelegt hatte. Lena zog eine Grimasse und legte den Hörer zurück.

„Wer ist denn eigentlich Christian Scheibler?"

Natürlich. Damit mußte man rechnen, wenn man in Hörweite von Müttern telefonierte. Lena schossen hundert Lügen auf einmal durch den Kopf. Von Mister Unbekannt bis Pepsis Cousin kamen alle Variationen vor. Aber sie wußte selbst nicht genau, warum sie einfach die Wahrheit sagte.

„Einer aus der Dreizehnten."

„Warst du gestern abend mit ihm zusammen?"

„Und wenn?"

Sie schauten sich an. Lena hatte die Fragen so satt. War es möglich, daß man nicht einmal mit einer Freundin reden konnte, ohne daß es Verhöre gab? Aggressiv schob sie das Kinn mit dem roten Fleck in der Mitte vor. Die Haut spannte, und die Bewegung tat weh. Der Schmerz paßte gut zur Unzufriedenheit, der Wut und dem allgemeinen Frust.

Im letzten Moment besann sich ihre Mutter. Sie gab nach. Sie wandte als erste den Blick ab, faltete sorgsam das Staubtuch zwischen den Fingern und drehte ihr den Rücken zu. Was sie wohl dachte?

Lena begutachtete den Rücken. Blauweiß und längsgestreift war er, über alten Jeans, schmal und irgendwie bekümmert. Sie mochte ihn nicht länger anschauen. Er sah aus, als würde er ihr die Verantwortung für etwas zuschieben wollen, das sie ablehnte. Sie ging in ihr Zimmer zurück. Aber dieses Mal machte sie die Tür ganz behutsam und leise zu.

# 8

„Hallo, Lena! Wie geht's? Hast du deinen Bombenkater einigermaßen überstanden?"

Lena wäre fast über die eigenen Füße gestolpert. Im letzten Moment ordnete sie das gefährliche Durcheinander aus Turnschuhen und Beinen. Gerade noch hielt sie das Gleichgewicht. Dafür ging hinter ihrer Stirn schlagartig alles drunter und drüber. Christian Scheibler stand vor ihr.

Gemeinsam bildeten sie ein kleines Inselchen, um das die übrigen Schüler des Dante-Gymnasiums am Montag nach Schulschluß einen Bogen schlagen mußten. Alles drängte in Richtung Ausgang, hatte die Nase voll von dem Start in die neue Schulwoche. Sie wurden ständig angerempelt und geschubst, aber Lena nahm es nur am Rande wahr. Sie schaute entgeistert in hellbraune Augen hinter einer randlosen Brille. Sie versuchte in ihnen zu lesen. Zwischen schadenfrohem Spott und gutmütigem Verständnis konnte man so ziemlich alles hineininterpretieren.

Sie senkte verlegen die Lider. Am Aufschlag seiner gefütterten Jacke steckte ein Button mit der Aufschrift: „Rettet den Regenwald". Lena peilte den Spruch an, als ob es sich bei ihm um die Lösung aller Rätsel handelte. Sie war sich bewußt, daß er auf eine Antwort wartete, aber irgendwie konnte sie sich schon jetzt nicht mehr daran erinnern, was er eben gesagt hatte.

„Oh, hallo ...", murmelte sie deswegen vorsichtig. Nur keine zusätzliche Blamage vor Christian Scheibler.

„War's so schlimm? Tut mir leid für dich ..."

Wollte er sich damit für seine Standpauke am Freitagabend entschuldigen? Lena wußte nicht, was sie erwidern sollte. Sie wäre am liebsten weitergegangen, aber auch dazu hatte sie keinen Mut. Aus lauter Unsicherheit reagierte sie noch eine Spur widerborstiger als sonst.

„Du brauchst dein Mitleid nicht an mich zu verschwenden ..."

„Okay, welches Objekt schlägst du mir statt dessen vor? Die südamerikanischen Indianer, die Robbenbabys oder vielleicht unseren Bundeskanzler? Ich bin ausbaufähig und lernbereit!"

„Spinner!" Zwischen Befangenheit und aufkommendem Lachen hin- und hergerissen, schaute Lena doch wieder in sein Gesicht. Eigentlich sah er gut aus. Sympathisch. Kein Star wie Bastian, aber irgendwie gut, mit diesen warmen braunen Augen und der dicken Strähne dunkelblonder Haare, die ihm in die Stirn fiel.

„Besser ein Spinner als eine Schnapsdrossel, die sich von Cuba libre ernährt. Ist dir der Abend gut bekommen?"

Das also hatte er gemeint! Es hörte sich anteilnehmend an. Gar nicht wie Benimmregeln Teil zwei für kindische Gänse, die sich mit den falschen Typen einließen. Sie holte angestrengt Luft und bemühte sich um eine möglichst coole Antwort.

„Nein, das kannst du dir doch an fünf Fingern ausrechnen. Was trinkst du eigentlich, wenn du ins Crash gehst? Buttermilch?"

Christian grinste. „Auch Cuba libre, aber maximal einen. Und wenn ich mit dem Roller da bin, nur Alkoholfreies. Mein Führerschein hat mich einen Sommer Schufterei im Biergarten gekostet. Gläser abräumen und auswaschen. Ich würde das Papier gerne die nächsten Jährchen behalten. Soll ich dich nach Hause mitnehmen? Die Arabellastraße liegt auf meinem Weg ..."

Lena blinzelte erneut. Irgendwie war ihr etwas ins Auge gekommen, anders konnte sie sich ihr Augenleiden nicht erklären. Hatte sie richtig gehört? Christian Scheibler bot ihr an, sie nach Hause zu fahren?

Schon Freitagabend hatte sie sich sein Verhalten nur schwer erklären können. Weshalb kümmerte er sich um sie? Interesse an Lena Dominick? Nein, sie war fünfzehn, und ihre Selbstkritik bescheinigte ihr eine eher durchschnittliche Erscheinung. Kein Mädchen, nach dem sich ein Junge aus der Dreizehnten umdreht. Die waren schon volljährig, dachten an Abitur und Studium und hatten Freundinnen, gegen die sogar Pepsi in voller Kriegsbemalung jung aussah.

Okay, Christian war keiner von diesen Überfliegern mit eigenem Auto und Designerklamotten. Niemand, über den alle Mädchen der unteren Klassen tuschelten. Er fiel nicht groß auf. Höchstens, wenn er sich mit einem Baby aus der Neunten abgab. Also, warum? Aus Mitleid? Steckte ein verkappter Streetworker in ihm? Wollte er jeden Tag seine gute Pfadfindertat vollbringen, damit sein Gewissen sich wohl fühlte? Na – nicht mit ihr!

„Spar dir dein Benzin", lehnte sie störrisch ab.

„Hey, Chris! Kommst du jetzt, oder fährst du mit deiner Freundin heim?" Ein paar Klassenkameraden von Christian blieben neben ihnen stehen. Mädchen waren auch dabei. Lena spürte ihr Interesse. Die Fragen, die sich in ihren Köpfen bildeten. Chris winkte lässig ab.

„Bis morgen, Leute! Ihr seht doch, daß ich beschäftigt bin ..."

Gelächter, allgemeines „Ciao", dann blieben sie allein. Inzwischen hatte der Schülerstrom nachgelassen, und sie konnte ein bißchen auf Abstand gehen. Als seine Freundin bezeichnet zu werden machte Lena verlegen und ratlos zugleich. Sie wartete auf eine Erklärung, aber Chris sprach einfach weiter, als wäre nichts geschehen.

„Mein Roller fährt mit Gemisch, nicht mit Benzin, Miß Ahnungslos. Aber mein Tank ist voll."

Seine erstaunliche Hartnäckigkeit zwang sie dazu, die Wahrheit zu sagen. „Ich wohne nicht in der Arabellastraße!"

Christian zog die Unterlippe zwischen die Zähne und stieß einen lautlosen Pfiff aus. „Freitag ein Mädchen voller Cuba libre und heute eines voller Rätsel! Was sagt man denn dazu?"

Es klang so trocken, daß Lena gegen ihren Willen lachte.

„Blödmann", sagte sie.

„Ist dir eigentlich klar, daß ich Christian heiße? Auch Chris, für meine Freunde. Weder Spinner noch Blödmann stehen in meinem Paß. Ich sag' ja auch nicht Kratzbürste und Dummschlumpf zu dir, obwohl es passen würde. Wer ist der Dominick in der Arabellastraße?"

„Mein Vater. Meine Eltern leben getrennt. Sie wollen sich scheiden lassen."

„Aha."

Komisch, daß er so wortkarg reagierte. Zu allem anderen war ihm doch auch jede Menge Albernes eingefallen. Lena verschränkte die Arme vor der Schulmappe, als hielte sie damit einen Schild gegen jeden möglichen Angriff vor sich.

„Aha", äffte sie ihn böse nach.

„Also, an mir brauchst du deinen Zorn darüber nicht auszulassen", bekam sie prompt zur Antwort. „Aber wenn du willst, können wir darüber reden. Manchmal fühlt man sich besser, wenn einem einfach einer zugehört hat."

Lena pustete empört. „Damit du mich hinterher wieder niedermachst wie am Freitag, was? Na, vielen Dank. Mein Bedarf an Predigten wird von meinen Altvorderen voll gedeckt."

„Ich war wohl ein bißchen zu deutlich am Freitag?"

Das war eine Feststellung und keine Entschuldigung. Lena nickte steif.

„Sorry, aber ich habe nicht kapiert, wie ein Mädchen, das zwei und zwei zusammenzählen kann, auf einen Dummschwätzer wie Bastian Siebold hereinfallen kann."

„Mathe war noch nie meine Stärke", wehrte sich Lena und dachte an Studienrat Spanges Brandbrief. Mutter hatte sich für Mittwoch in seiner Sprechstunde angemeldet. Lena konnte sich unschwer vorstellen, wie dieses Gespräch verlaufen würde. Die Untersuchung des Falls Lena Dominick. Und wennschon. Die Schule war ihr sowieso egal. Ein Klotz am Bein. Was kümmerte sie ihre sogenannte Zukunft, die ach so wichtige Ausbildung, wenn schon die Gegenwart unerträglich war?

„Mathe nicht und Menschenkenntnis auch nicht", vervollständigte Christian ihre letzte Bemerkung.

Lena schwieg. Nicht weil sie beleidigt war, sondern weil ihr nichts einfiel. Ob Christian das begriff? Auf jeden Fall teilte er ihr Schweigen. Ein paar Herzschläge lang standen sie sich stumm gegenüber. Dann zuckte er mit den Achseln, als wäre er zu einem Entschluß gekommen.

„Na dann nicht“, sagte er leise. „Vielleicht hast du ja ein anderes Mal Zeit. Wenn du deine Meinung änderst, du weißt, wo du mich findest.“

Lena folgte ihm mit den Augen zum Ausgang. Erst als die braune, altmodische Schwingtür mit den Glaseinsätzen im oberen Teil hinter ihm hin- und herschwang, ging sie langsam weiter. Sie verspürte ein merkwürdiges, völlig fremdes Gefühl im Bauch. Ein Teil von ihr war froh, daß er gegangen war, und der andere bedauerte es bereits.

Du weißt, wo du mich findest. War das nun eine Aufforderung, oder hatte er es bloß dahingesagt? Keine Ahnung, was in den Typen vorgeht, dachte Lena wütend. Sie verstand keinen von ihnen. Weder den lästigen Timo Winterstedt noch Bastian Siebold und schon gar nicht Chris Scheibler!

Ach, Mist! Was grübelte sie hier herum? Sie hatte wirklich andere Probleme. Eines von ihnen wartete wutschnaubend an der Bushaltestelle auf sie. Pepsi Maiberger.

„Auch schon da?“ erkundigte sie sich spitz.

Lena murmelte etwas Undeutliches, das sich wie „Bin aufgehalten worden“ anhörte.

„Es war kaum zu übersehen, wer dich aufgehalten hat“, schnaubte Pepsi. „Christian Scheibler, den du angeblich kaum kennst und der absolut nichts mit unserer harmlosen kleinen Lena Dominick am Hut hat. Für wie blöd hältst du mich eigentlich?“

Lieber Gott, auch das noch! Lena schloß für eine Sekunde die Augen, um ihrem lautlosen Stoßgebet den nötigen Nachdruck zu verleihen. Die Zähigkeit, mit der ihr Pepsi eine Freundschaft mit Chris andichtete, übertraf den dicksten Kaugummi.

„Ich halte dich in der Sache für ziemlich beschränkt", antwortete sie vorsichtig. „Christian wollte nur wissen, ob ich die Cuba libre vom Freitag gut verdaut habe. Ein gräßliches Zeug übrigens, wenn du mich fragst. Warum trinkt man etwas, von dem man sich am nächsten Tag sterbenselend fühlt? Weißt du, daß ich zweimal kotzen mußte? Ich habe mich gefühlt wie ein angeschimmelter alter Schwamm ..."

Ihr Ablenkungsversuch ging voll daneben. Pepsi warf die blonde Mähne in den Nacken und verzog die rotgeschminkten Lippen. „Wie schön für dich, daß sich Chris Scheibler um deinen blöden Kater kümmert. Was teilt ihr beiden denn sonst noch alles? Ehrlich, ich hätte nie gedacht, daß ausgerechnet du dich an einen aus der Dreizehnten ranmachst! Du hast es ja faustdick hinter den Ohren!"

„Du tickst ja nicht richtig!" Lena hatte endgültig genug. „Ich mache mich an niemanden ran! Soll ich mir ein Schild um den Hals hängen und ‚Bitte nicht ansprechen' draufschreiben?"

Der Bus kam, und die Auseinandersetzung wurde ein wenig leiser auf der Rückbank fortgesetzt. Zwischen einer gewaltigen Frau, deren ausladende Sitzfläche zwei Plätze beanspruchte, und den Plastiktaschen eines älteren Herren eingeklemmt, versuchten die beiden Mädchen so weit wie möglich voneinander abzurücken.

„Du bist echt ein falsches Biest", zischte Pepsi. „Ich schleppe dich immer mit, lade dich zu jeder Fete ein und stelle dich allen Typen vor. Aber was tust du? Nix! Nullinger! Noch weniger! Du glaubst wohl, die Dreizehnte ist allein dein Revier?"

Hätte ihr Pepsi die Gebrauchsanweisung für ihren neuen CD-Player auf koreanisch vorgelesen, Lena hätte genausowenig verstanden.

„Was wirfst du mir eigentlich vor?" raunte sie unterdrückt. Sie hatte den Eindruck, daß die Dicke neben ihr neugierig zuhörte.

„Tu nicht so ahnungslos! Daß du mich anlügst! Daß du dich hinter meinem Rücken mit diesem Scheibler triffst und verabredest. Bastian hat wirklich recht, jetzt sehe ich es selber ein. Du bist eine blöde Ziege!"

„Ausgerechnet Bastian", wiederholte Lena gekränkt. „Na, der soll bloß ruhig sein. Der hat sich an mich rangemacht, sobald wir aus dem Crash heraus waren. Der ist nur sauer, weil ich mich nicht von ihm betatschen lassen wollte!"

Die Dicke gab einen erstickten Laut von sich und riß die Augen so weit auf, daß sogar die farblosen Wimpern zwischen den Fettwülsten über ihren Lidern verschwanden. Lena beachtete sie nicht weiter. Sie war zu aufgebracht. Pepsi kümmerte sich sowieso nie um andere Leute. Sie hatte ein spöttisch überlegenes Lächeln in den Mundwinkeln.

„Bild dir mal bloß keine Schwachheiten ein, Lena Dominick. Bastian hat sich nur wegen der blöden Wette an dich rangemacht. Ohne die hätte er nie eine Silbe an ein Baby wie dich verschwendet."

„Was für eine Wette?" Lena gab sich ahnungslos, aber sie erinnerte sich gut an Christians wütende Standpauke.

Von der wußte Pepsi natürlich nichts. Dafür bereitete sie genüßlich die Einzelheiten der Wette vor Lena aus. „Er hat mit den anderen Jungs um einen Kasten Bier gewettet, daß er dich an dem Abend herumkriegt. Er wollte wissen, ob du wirklich noch Jungfrau bist ..."

Die Dicke sah jetzt aus, als wäre sie einem Schlaganfall nahe. Lena hätte sich am liebsten in Luft aufgelöst. Das boshafte Geschöpf neben ihr konnte doch unmöglich Pepsi sein! Nicht ihre beste Freundin!

„Typisch für dich, daß du davongerannt bist. Bastian ist gut drauf im Bett. Er hätte dir sicher was beigebracht, und danach hättest du auch mehr Chancen bei den anderen gehabt. Kleine Mädchen sind nicht besonders gefragt, weißt du ..."

Lena verstand, warum die dicke Frau schnaufend aufstand und sich an die Tür stellte. Warum tat sie es nicht auch? Weshalb hörte sie sich diese unglaublichen Dinge überhaupt an? Pepsi zog alles in den Schmutz. So abgebrüht und cool hatte sie noch nie mit ihr gesprochen. Spielte sie Theater und wollte mit Absicht schocken?

„Bastian ist dein Freund", keuchte Lena entsetzt. „Meinst du, ich würde mich mit ihm auf irgend etwas einlassen? Wofür hältst du mich?"

„Pffhh!" Pepsi zog verächtlich die Lippen hoch. „Klaro würdest du. Hinter Bastian sind doch alle her. Ich hab' gesehen, wie du dich im Crash an ihn rangeschmissen hast. Wenn sich der Scheibler nicht eingemischt hätte, wärst du am Freitag fällig gewesen."

Lena senkte sprachlos den Kopf. Unter dem Riß ihrer geliebten Jeans, genau über dem Knie, schimmerte die buntgemusterte Strumpfhose. Nervös fuhr sie mit der

Fingerkuppe über die Stofffransen. Sie hätte schwer sagen können, was sie mehr schockte. Daß Pepsi keinerlei Vertrauen zu ihr hatte oder daß sie am Freitag offensichtlich keinen Finger gerührt hätte, um ihr zu helfen. Und noch etwas war völlig unverständlich: daß sie sich als Bastians Freundin eine solche Wette gefallen ließ!

In diesem Augenblick fiel ihr auch das Getuschel wieder ein, das sie irgendwann über Bastian Siebold gehört hatte, als er im vergangenen Schuljahr zum ersten Mal die Elfte absolvierte. Damals war Andrea Dirks ihre beste Freundin gewesen. Andi mit ihrer Leidenschaft für Klatsch hatte natürlich als eine der ersten Bescheid gewußt.

„Dieser Siebold soll ja die irrsten Partys geben, Lena! Sein Vater besitzt ganz in der Nähe an einem kleinen See eine Wochenendhütte. Stell dir vor, Iris behauptet, daß der Siebold dort neben Bier und Schnaps auch Hasch und irgendwelche Pillen anbietet. Eine aus der Elften mußte angeblich nach dem letzten Mal ins Krankenhaus gebracht werden. Kreislaufzusammenbruch und Magen auspumpen und Vergewaltigung. Die Eltern haben angeblich den Skandal vertuscht. Keine Ahnung, ob das stimmt. Aber wenn du mich fragst, so wie der Bastian aussieht, gibt's immer genügend dumme Gänse, die auf den Angeber reinfallen ..."

Lena hatte das für puren Klatsch gehalten und sofort vergessen. Solche Geschichten standen vielleicht in der Zeitung, aber am Dante-Gymnasium passierten sie nicht. Oder doch? Mit Schrecken dachte sie an Freitagnacht.

Die Ansage der nächsten Haltestelle über den Lautsprecher ließ Lena aufschrecken. Unsinn, sie urteilte ohne

Beweise. Vielleicht war Pepsi lediglich eifersüchtig und versuchte sich zu rächen. Sie hätte so gerne diese Version geglaubt.

„Du machst nur auf Show, weil du wütend auf mich bist“, sagte Lena beschwörend. „Du redest totalen Quatsch. Niemand macht dir deinen Bastian abspenstig. Ich schon gar nicht. Ich habe gar keine Zeit für einen Freund. Weder für einen wie Bastian noch für einen wie Christian Scheibler. Das darfst du mir ruhig glauben.“

Letzteres war natürlich eine Lüge. Eine Turbolüge. Natürlich wünschte sie sich einen Freund! Das taten alle Mädchen in ihrer Klasse, soweit sie das wußte. Pepsi durchschaute den Schwindel.

„Du hältst mich wohl für hundertprozentig bescheuert! Weißt du, was du bist? Ein egoistisches Scheusal! Du hast ein Ticket in die Dreizehnte und willst es mit keiner anderen teilen. Du bist ganz scharf darauf, daß ja niemand an deinen Chris rankommt. Hast du Angst vor Konkurrenz? Daß er dich sitzenläßt, wenn er merkt, was du für ein Baby bist?“

„Nächster Halt, Herzogpark!“ quäkte der Lautsprecher schräg über ihnen.

Für einen Moment spielte Lena mit dem Gedanken, sitzen zu bleiben und den Krach mit Pepsi auszudiskutieren. Niemand wartete auf sie. Eine innere Stimme sagte ihr jedoch, daß es ziemlich aussichtslos war. Innerhalb von zehn Minuten war zwischen ihnen eine Menge Porzellan zerschlagen worden. Lena hatte keine Lust, noch weiter in den Scherben zu wühlen.

„Du redest Stuß, Pepsi! Vielleicht geht dir das bis morgen selbst auf. Ciao!“

Lena rechnete mit keiner Antwort. Sie bekam auch keine. Sie nahm ihre Schulmappe und stellte sich an die Tür neben die Dicke, die sie anstarrte, als habe sie Beulenpest. Glücklicherweise öffneten sich gerade jetzt die Drucklufttüren. Lena sprang mit einem Satz hinaus.

Nach der stickigen, feuchten Wärme des Busses traf sie die Dezemberkälte wie eine Ohrfeige. Lenas Haut kribbelte, und die Zehenspitzen in den dünnen Turnschuhen schienen zu gefrieren. Es wäre vernünftiger gewesen, heute Moonboots anzuziehen. Früher hatte sich ihre Mutter darum gekümmert, daß Lena so aus dem Haus ging, daß es einigermaßen dem Wetter und der Jahreszeit entsprach. Jetzt stand die Wohnung morgens schon leer, wenn Lena zum letzten Bus in Richtung Gymnasium tigerte.

Die Versuchung war groß, im üblichen Sumpf aus Selbstmitleid und Einsamkeit zu versinken. Aber heute beschäftigte sie eine wichtigere Frage. Eine, die sie sich zum ersten Mal ganz kritisch und ruhig stellte: Was hatte Pepsi Maiberger eigentlich bewogen, ihre Freundschaft zu suchen?

Als sie die Wohnungstür aufschloß, war sie von einer Antwort noch weit entfernt. Tatsache blieb nur, daß sie sich noch nie so erbittert gestritten hatten wie heute. Pepsi hatte sie verletzen und demütigen wollen. Absichtlich und hämisch. Warum?

„Warum? Warum? Dein absolutes Lieblingswort, Lena!“ sagte sie sich zur Begrüßung und zog eine Grimasse im Flurspiegel. Sie schleuderte ihren Anorak schräg auf einen Kleiderhaken und setzte ihr Selbstgespräch fort: „Warum findet es Mutter so rasend wichtig, von acht Uhr morgens bis sechs Uhr abends in einer Anwaltskanzlei dumme Briefe zu tippen und Akten zu sortieren? Warum vergnügt sich Dad mit langhaarigen Miezen, die kaum älter als seine eigene Tochter sind? Warum spielt sich Chris Scheibler als eine Mischung aus Streetworker und Taxifahrer auf? Warum gibt Pepsi diesem blöden Bastian nicht einen Tritt in den verlängerten Rücken, wenn er mit anderen rummacht?"

Eine ganz schöne Liste.

Wie lange war es eigentlich her, daß sie naiverweise gedacht hatte, daß nach ihrem fünfzehnten Geburtstag alles anders werden würde? Von Taschengelderhöhung, Verlängerung der abendlichen Ausgangszeit und mehr Selbständigkeit hatte sie geträumt.

Flop auf der ganzen Linie. Pleite und eingesperrt, beschränkte sich die Selbständigkeit darauf, daß sie sich das Fertiggericht im Eisschrank aussuchen konnte, das sie in die Mikrowelle schieben mußte. Aber wenigstens stellte ihr niemand aufdringliche Fragen, weil sie lustlos in der Lasagne herumstocherte und zwei Drittel davon kalt werden ließ.

# 9

Die zweite und die dritte Adventwoche vergingen in einem sonderbaren Schwebezustand. Als kleines Mädchen hatte Lena eine Glaskugel besessen. Wenn man sie schüttelte, rieselten lautlos weiße Schneeflocken über eine Eisprinzessin, die, in einer Pirouette erstarrt, auf einem himmelblauen See tanzte.

In diesen Tagen fiel ihr die kleine Prinzessin wieder ein. Lena kam sich vor, als sei sie selbst unter einer durchsichtigen Kuppel eingesperrt. Sie wartete darauf, daß jemand ihr Leben schüttelte, um die Dinge erneut in Bewegung zu bringen.

Pepsi hüllte sich in beleidigtes Schweigen. Ebensogut hätte eine Schaufensterpuppe in der Schule neben ihr sitzen können. Nur einmal sagte sie etwas. Nach der letzten Lateinschulaufgabe, deren Übersetzungsteil sie zum größten Teil von Lena abgeschrieben hatte. Zuerst allerdings nahm Frau Rupert, die Lateinlehrerin, die beiden ins Gebet.

„Erst habe ich noch überlegt, ob es gerecht ist, euch beiden eine glatte Sechs zu verpassen, da mir nicht ganz klar ist, wer nun eigentlich von wem abgeschrieben hat. Da jedoch eure gemeinsame Leistung jeder Beschreibung spottet, ist das ohnehin egal. Ein Ungenügend kann man nicht mehr verschlechtern. Ist euch klar, daß es im Januar nur noch eine einzige Klassenarbeit gibt, mit der ihr eure Note für das Zwischenzeugnis retten könnt?“

Es war Lena klar. Wozu die alberne Frage? Merkwürdig, daß Lehrer dazu neigten, Dinge in Frage zu stellen, obwohl sich jeder die Antwort an fünf Fingern ausrechnen konnte.

In der Pause fing Pepsi Lena im Mädchenklo ab.

„Das hast du absichtlich gemacht!“ fauchte sie.

„Iiich? Was?“

„Spiel nicht den Unschuldsengel! Die Sache mit der Lateinarbeit! Du hast mich ins Messer laufen lassen, damit ich eine schlechte Note bekomme!“

„Du leidest an Verfolgungswahn!“ Lena trat seufzend von einem Bein aufs andere. Sie war eigentlich nicht zum Streiten hereingekommen.

„Das wirst du mir noch büßen, das sage ich dir! So was lasse ich mir nicht gefallen!“

Lena tippte sich an die Stirn. „Glaubst du, ich brocke mir ein Ungenügend in Latein ein, nur damit du beim Abkupfern auf die Bretter gehst? Ehrlich, in deinem Kopf stimmt was nicht!“

„Das werden wir schon sehen, Lena Dominick!“

Lena hatte andere Sorgen, als den filmreifen Abgang von Pepsi Maiberger zu beobachten. Seitdem war die ohnehin frostige Stimmung zwischen ihnen auf polare Temperaturen abgesackt. Da sie sich zuvor wegen Pepsi vom Rest der Klasse abgesondert hatte, war sie jetzt völlig isoliert. Ein unsichtbares Klassengespenst, für niemanden richtig vorhanden.

Alle anderen redeten miteinander, lachten zusammen und kommentierten den neuesten Schulklatsch. Lena bezog niemand mit ein. Sie war eine Unperson. Sogar Timo Winterstedt hatte es nach all den biestigen „Neins“ aufgegeben.

Lena ertappte sich dabei, daß sie ihm manchmal nachsah. Dabei war er nun wirklich nicht ihr Typ. Auf seine Ratschläge für scheidungsgeschädigte Kinder konnte sie locker verzichten. Aber wenigstens hätte ihr seine Aufmerksamkeit das Gefühl gegeben, daß sie wieder dazugehörte. Daß sie kein Fremdkörper war.

Ein ahnungsloser Fremdkörper noch dazu, fügte sie stöhnend hinzu und schob das aufgeschlagene Mathebuch zur Seite. Hatte es tatsächlich einmal Nachmittage gegeben, an denen sie gewußt hatte, was diese Zahlenreihen bedeuten sollten? Irgendwann zwischen September und Dezember mußte sie den Anschluß verloren haben.

Sie stand auf und drückte auf die Play-Taste des Kassettenrecorders, ehe sie sich bäuchlings auf das Bett legte und den Kopf in den Armen vergrub.

„Hallo darkness my old friend, I come to talk with you again ..." Der alte, melancholische Song von Simon and Garfunkel paßte genau zu Lenas Stimmung. Die Dämmerung des grauen Dezembertages war der einzige Freund, der ihr zuhörte.

Der Griff, mit dem sie ab und zu zurückspulte und das Lied wieder und wieder an den Anfang brachte, war viel geübt. Das Band leierte schon ein bißchen von der täglichen Strapaze, aber das war Lena egal. Die Nase im staubigen, schon arg abgeliebten Plüsch eines grauen Stoffesels vergraben, schwebte sie in einem Zwischenbereich aus Trübsinn und Hoffnungslosigkeit.

Die Phase der Rebellion, des wütenden Protestes und der verletzenden Auseinandersetzungen hatte nur eines eingebracht: die traurige Einsicht, daß es im Grunde keine Menschenseele kümmerte, ob sie existierte oder nicht. Es fiel ihr schwer, sich damit abzufinden. Zu begreifen, daß die geliebte Tochter, die gute Freundin und die beliebte Klassenkameradin nur Kunstfiguren gewesen waren. Keine Realität.

„Lena? Du meine Güte, was liegst du hier im Dunkeln? Was tust du da?"

Lena fuhr hoch und erkannte ihren Vater. Er trug noch seinen pelzgefütterten Ledermantel und zog sich eben die Handschuhe aus. Seine Kleider und sein Atem brachten einen Schwall klarer Frostluft ins Zimmer.

„Dad?"

In der einen Silbe lag soviel fassungsloses Erstaunen, soviel Unglauben und gleichzeitig Hoffnung, daß das Lachen in Peter Dominicks Augen verschwand. Ihm war sofort klar, daß Lena mit seinem Besuch falsche Erwartungen verband.

„Ich habe deine Mutter in der Stadt getroffen und ihre Einladung zu einem heißen Tee angenommen", erklärte er hastig. „Willst du dich nicht zu uns setzen? Wir haben uns eine Ewigkeit nicht mehr gesehen."

Lena hätte die Ewigkeit genau auf jenen verflixten Freitagabend datieren können. Mist, jetzt hatte sie den Punkt zum Zurückschalten verpaßt. Nun verkündeten Simon und Garfunkel „I'm a rock!", und die Lautstärke machte jede weitere Unterhaltung unmöglich.

Ihr Vater hielt den dummen Zufall für eine neue Kriegserklärung. Aber im Gegensatz zu früher ließ er sich auf keinen Streit ein. Er schloß die Tür wieder. Einfach so. Er wiederholte seine Bitte nicht.

Plötzlich störte Lena die Musik, allerdings machte sie aus purem Trotz nicht aus. Ihr verehrter Vater sollte ja nicht glauben, daß sie ihm zuliebe einen Finger krümmte, nur weil er sich daran erinnerte, daß er neben der halbnackten Freundin auch noch Frau und Tochter besaß. Kam nicht in die Tüte.

Einen Song später nervten Lena ihre Lieblingslieder so sehr, daß sie den eigenen Vorsätzen untreu wurde und die Musik abstellte. Die schlagartige Stille im Raum dröhnte erst recht in ihren Ohren. Der Straßenlärm wurde von Schallschutzfenstern ausgesperrt, so daß sie die plaudernden Stimmen im Wohnzimmer viel zu deutlich hörte. Auch das Lachen.

Lena drückte den linken Daumennagel gegen die oberen Schneidezähne und kaute gedankenverloren darauf herum. Perlmuttfarbener Lack splitterte unter dem Angriff, und sie spuckte die winzigen Teilchen aus. Gräßlich, wie der Nagel jetzt aussah.

Die Erwachsenen hielten es wohl nicht einmal für nötig, ihr eine Tasse Tee zu bringen und die Lebkuchen zu teilen, die Mutter sicher dazu servierte. Wenn sie noch länger wartete, waren vermutlich keine mehr da. Sie kannte Vaters Vorliebe für Süßes. Das war ungerecht! Niederträchtig und gemein. Sie würde sich das nicht gefallen lassen! Sie stand auf und ging hinaus.

Ein Blick auf den Wohnzimmertisch genügte. Nicht einmal eine dritte Tasse war gedeckt!

„Tut mir leid, daß ich existiere“, entschuldigte sie sich übertrieben höflich. „Aber ich hätte auch gerne Tee!“

„Dann nimm dir welchen. Du weißt, wo die Tassen stehen!“ Rena Dominick hatte sich nach der letzten großen Auseinandersetzung eine kühle Ruhe angewöhnt, die Lena unheimlich war.

„Sehr freundlich.“ Sie fischte sich drei Lebkuchen aus

der Kristallschale auf dem Tisch. „Früher hast du mir den Tee mal gebracht, wenn ich gebüffelt habe!"

„Das war aber, ehe du mir erfolgreich klargemacht hast, daß du in deiner Mutter keine Freundin oder Partnerin, sondern nur eine Mischung aus Haushälterin und Dienstmädchen siehst."

Lena schaute ihren Vater an. Dann erinnerte sie sich daran, daß sie bei ihm keine Hilfe mehr zu erwarten hatte. Sie klappte ihren halb geöffneten Mund wieder zu und sparte sich das anklagende "Siehst du, wie sie mich behandelt?"

Statt dessen wurde ein „Ach, was soll's! Ihr versteht mich ja doch nicht!" daraus.

„Da hast du recht", bestätigte ihr Vater unerwartet. „Ich verstehe dich wirklich nicht mehr. Was erwartest du eigentlich von uns?"

Daß du deine Freundin zum Kuckuck schickst, daß du wieder mein Vater wirst, daß ... Lena hätte vieles antworten können. Aber sie schwieg. Sie ging und knallte die Tür zu. Das übliche Verfahren.

In ihrem Zimmer machte sie kein Licht, und die plötzliche Helligkeit, als Peter Dominick die Tür öffnete, um sich zu verabschieden, sorgte dafür, daß sie geblendet die Augen zusammenkniff. „Ich geh' jetzt, Kleines!" sagte er freundlich. „Möchtest du mir nicht auf Wiedersehen sagen?"

Das „Kleines" trieb Lena die ohnehin schon lauernden Tränen in die Augen. Sie kämpfte wütend dagegen an. Keine Schwäche zeigen. Nein, sie würde sich nicht von ihnen unterkriegen lassen, weder im Guten noch im Bösen.

„Du gehst schon? Na ja, ich nehme an, daß deine kleine Freundin auf dich wartet. Laß dich bloß nicht von mir aufhalten ... Tschüs!"

Ihr Vater atmete tief durch. Sie bemerkte, wieviel Mühe es ihm bereitete. „Auf Wiedersehen, Lena!" Dann zog er behutsam die Tür ins Schloß.

Sie stand auf, lief zum Fenster und lehnte die Stirn gegen die Scheibe, damit sie zum Eingang hinuntersehen konnte. Wenige Minuten später sah sie die Gestalt im Ledermantel, die jetzt zwei Pakete und eine Tragetasche trug und in eine dunkle Limousine mit Firmenaufdruck stieg, die genau vor dem Haus parkte. Ob das Weihnachtsgeschenke waren? Für wen? Für die blonde Barbie mit der Superfigur?

War die es denn wert, daß er eine Frau wie Mami betrog? Auch wenn Renate Dominick in Lenas Augen schon recht alt war, daß sie besser zu ihm paßte als dieses Püppchen, stand außer Frage.

Was fehlte Mami, um ihren Mann zu halten? Ein neuer Gesichtspunkt, unter dem sie die anstehende Scheidung noch nie betrachtet hatte. Sie dachte an die neue Freundin ihres Vaters im Schlafanzugoberteil, und auf der Stelle fielen ihr Pepsis überhebliche, abstoßende Bemerkungen zum Thema Liebe und Sex ein. Lag hier das Problem?

Sie zögerte. Es war schon schwer genug, sich die eigene Mutter als Frau vorzustellen. Schlichtweg unmöglich war es jedoch zu beurteilen, ob sie auf Männer anziehend wirkte. Lena ertappte sich bei dem Wunsch, mit ihr darüber reden zu können.

Natürlich nicht über das, was zwischen Vater und Mutter geschah, wenn sie Rena und Peter waren. Aber vielleicht über das, was Pepsi gesagt hatte. War es tatsächlich denkbar, daß ein Mädchen klaglos dabei zusah, wenn ihr Freund hinter einer anderen her war?

Das Auto unten fädelte sich in den abendlichen Verkehr ein, und Lena erinnerte sich plötzlich an ein Gespräch mit ihrer Mutter. Über Vaters Freundinnen. Rena Dominick hatte ihren Stolz nicht für soziale Sicherheit und scheinbaren Familienfrieden verkaufen wollen. War Pepsi nicht in einer ähnlichen Lage? Was war es wert, daß sie sich Bastians Ausrutscher gefallen ließ?

Den „Schulplayboy" hatte ihn Chris in jener Nacht genannt. Er wußte vermutlich eine Menge über Bastian. Lena sah jetzt nicht mehr die Straße vor sich, sondern ihre Freundin Pepsi. Ihre Exfreundin mußte sie wohl sagen. Kein Zweifel, Bastian gefiel es, daß Pepsi Maiberger wie eine Klette an ihm hing. Es schmeichelte seiner Eitelkeit. Er hielt sich selbst für den Größten, und jede Abfuhr kränkte seinen Stolz. Ob der schlimme Freitagabend wirklich noch eine offene Rechnung zwischen ihnen darstellte? Lena wollte es nicht hoffen.

Sie ertappte sich dabei, daß sie über Zusammenhänge nachgrübelte, die ihr bisher gar nicht aufgefallen waren. Pepsi hatte sich in der 9c mit ihrer Überheblichkeit und ihrer Angeberei vom ersten Tag an unbeliebt gemacht. Außer Lena hatte sie keine Freunde. Auch von ihren alten Schulkameraden, die nun die zehnte Jahrgangsstufe besuchten, kümmerte sich niemand um sie.

Eigenartig. Dabei war sie doch ein Bild von einem Mädchen. Attraktiv, schick, temperamentvoll, stets einen lockeren Spruch auf Lager und immer gut bei Kasse. So wie Lena gern sein wollte. Und wenn es nun gar keine

Ehre, sondern eine reine Notlösung gewesen war, daß Pepsi mit ihr Freundschaft geschlossen hatte? Unter dem Motto: Besser die naive Lena Dominick als gar niemanden?

Ach Unsinn, was sie heute für blödes Zeug dachte. Daran war nur diese ätzende Matheaufgabe schuld, deren Lösung ihr nicht einfallen wollte. Und natürlich Mutter und Vater und die drohende Scheidung und die kotzige Schule und ...

„Deine Miene könnte sogar in der Sahara den Sand abkühlen! Welche Laus ist dir denn über die Leber gelaufen?"

Lena stand an der Bushaltestelle. Ein wenig abseits von den anderen. Dort, wo die Matschpfütze zu einem See wurde und über die hohen Sohlen ihrer Winterstiefel stieg. Es konnte nicht mehr allzu lange dauern, bis sie nasse Füße bekam. Vielleicht wurde sie ja auch krank? Grippe! Halsschmerzen! Schnupfen und vielleicht sogar Lungenentzündung. Ja, Lungenentzündung hörte sich gefährlich an. Die würde ihrer Mutter einen schönen Schreck einjagen.

Aber vorerst war da Chris Scheibler, der seine Vespa abgebremst hatte und einen Fuß gegen den Randstein stemmte, während er das Helmvisier hochschob.

„Eine Laus namens Spange", antwortete sie ohne die üblichen dummen Sprüche. „Eine Mathe-Ex! Totales Chaos! Dabei hatte ich echt den Eindruck, daß ich diesen Mist neulich kapiert habe ... Das gibt meiner Note den Rest!"

„Typisch Spange, in der Woche vor Weihnachten noch

einen Test anzusetzen.“ Chris nickte mitfühlend. „Der Mann hat wirklich vor nix Respekt. Soll ich dich heimfahren? Natürlich nur, wenn du endlich damit rausrückst, wo du wirklich wohnst.“ Er sah Lena fragend an.

Dieses Mal hatte sie nichts gegen sein Mitgefühl einzuwenden. Der Schock aus der fünften Stunde in Sachen Mathe saß tief. Sicher, Mathe war noch nie ihr Schokoladenfach gewesen, aber bei einigen mühsamen Durchschnittsdreiern und ein paar Ausrutschern in Richtung Ausreichend, hatte sie stets eine halbwegs passable Note im Zeugnis geschafft. Vor einer Aufgabe zu sitzen, von der sie keinen einzigen Gedankengang kapierte, war neu für sie gewesen.

Also nahm sie mit einem stummen Kopfnicken den zweiten Helm, den Chris vom Rücksitz losschnallte, und stülpte ihn über ihre Locken. Die geschäumte Füllung tat ihren frierenden Ohren gut. Ein Glück, daß sie sich heute morgen für die Jeans und nicht für den Strickmini entschieden hatte.

Sie setzte sich hinter Chris, klemmte beide Schulmappen zwischen sich und ihn und hielt sich an seinen Hüften fest, während sie ihm sagte, wohin er fahren mußte. Von seinen Schultern geschützt, spürte sie den Fahrtwind kaum. Am liebsten hätte sie die Stirn gegen diese lebendige Mauer gelegt, die aus grauem Anorakstoff war und das Logo „Queen’s University“ trug.

Natürlich tat sie es nicht. Was würde Chris von ihr denken! Aber es war das erste Mal, daß sie gerne ein männliches Wesen berührt hätte, das nicht ihr Vater war. Ausgerechnet Chris Scheibler! Heute stand sie wirklich ganz schön neben sich.

Trotzdem bedauerte sie, daß die Fahrt so kurz war. Es hatte ihr gefallen. Sie stieg ab und löste den Helm. „Danke für das Taxi. Damit hast du für heute dein Soll an guten Taten erfüllt."

Chris nahm ihr stumm den Helm ab und befestigte ihn zusammen mit seiner Schultasche auf dem Rücksitz. Den Blick hinter seinen Brillengläsern konnte sie schwer einordnen. Sollte sie jetzt einfach „bye-bye" sagen und hineingehen? Unentschlossen trat sie von einem Fuß auf den anderen. Beide fühlten sich kalt und naß an.

„Es sieht so aus, als hättest du dich mit Pepsi Maiberger in die Haare gekriegt?" wagte Chris eine Mischung aus Behauptung und Frage.

Lena wich der direkten Antwort aus. „Brauchst du jemand, der dich mit ihr bekannt macht?"

Jetzt guckte Chris einwandfrei verblüfft. „Die Maiberger? Wie kommst du auf die Wahnsinnsidee?"

„Immerhin sieht sie toll aus. Darauf steht ihr Jungs doch, oder?"

„Im Verallgemeinern bist du jedenfalls besser als in Mathe, das steht fest."

„Danke. Was du von meiner Menschenkenntnis hältst, hast du mir ja schon mal deutlich gesagt."

„Du erinnerst dich daran? Ich dachte, du wärst so beschwipst gewesen, daß du von nichts mehr weißt ..."

Lena krümmte die Zehen in den Schuhen, um die Durchblutung anzuregen. Absolut erfolglos. Die Kälte stieg langsam aber sicher nach oben. Sie warf Chris einen schnellen Blick unter halb gesenkten Wimpern zu. Jedes Gespräch, das sie mit ihm führte, war an der Grenze eines Streits. Wieso eigentlich?

„Was hast du gegen mich?“ platzte sie plötzlich heraus. „Brauchst du das für dein Ego, daß du dauernd jemanden kritisieren kannst?“

Diesesmal war es Chris, der verlegen wirkte. Wenn man genau hinsah, konnte man sogar eine leichte Röte erkennen, die über sein Gesicht flog. Vielleicht war es aber auch nur der Schatten des Kunststoffvisiers an seinem Helm.

„Du verstehst das falsch“, murmelte er schließlich. Sie mußte sich bemühen, seine leisen Worte zu verstehen. „Ich finde nur, daß du es doch nicht nötig hast, dich an Typen wie die Maiberger und den Siebold zu hängen. Und was das Aussehen betrifft: Bei der Maiberger ist das doch nur Schminke und Klamotte. Stell sie unter die Dusche, und es bleibt nichts mehr davon übrig. Außerdem redet sie nur über sich. Eine Party mit der reicht fürs ganze Leben. Mir persönlich gefallen Mädchen wie du viel besser. Also dann, Ciao!“

Der Roller knatterte, und Chris fuhr so schnell ab, daß ein Schwall Matsch auf Lenas ohnehin schon nasse Schuhe spritzte. Sie bemerkte es nicht. Sie stand da und holte so tief Luft, daß ihre Lungen fast weh taten. Dann stieß sie den Atem ganz, ganz langsam wieder aus. Behutsam. Im Zeitlupentempo.

Erst dann gestattete sie sich, Christians letzten Satz zu wiederholen. „Mir persönlich gefallen Mädchen wie du viel besser!“

Und das ausgerechnet von einem Jungen, der bisher kein gutes Haar an ihr gelassen hatte. Waren heute alle verrückt geworden? Sie schüttelte sich, als wären ihre Haare und nicht ihre Füße naß geworden. Dann holte sie endlich den Hausschlüssel aus der Jackentasche und ging hinein.

Die Mathearbeit lag ihr noch immer im Magen. Und dann erst die Hausaufgaben! Aber trotzdem ... Der Gedanke, in die leere Wohnung zu kommen, war weniger scheußlich als sonst. Auf irgendeine rätselhafte Weise war der Tag längst nicht mehr so gräßlich wie vorhin.

# 10

Ferienende. Gruppenweise stand und hockte die 9c auf den abgeschrammten Bänken des Klassenzimmers und tauschte Neuigkeiten aus. Die Geräuschkulisse aus unterschiedlichen Stimmen, Gelächter, Stühlerücken und eiligen Schritten hatte sich auch im neuen Jahr nicht verändert. Trotzdem kämpfte Lena vor Enttäuschung mit den Tränen.

Was hatte sie eigentlich erwartet? Daß sich Pepsi, Andi, vielleicht sogar Bille oder Timo Winterstedt danach erkundigten, wie sie ihre Ferien oder ihren Silvesterabend verbracht hatte? Daß sie sich für ihre Weihnachtsgeschenke interessierten?

Keiner beachtete sie. Pepsi schilderte der leicht genervt wirkenden Maren Ziegler ihren Silvesterurlaub in der Schweiz, inklusive Klamottenkauf und attraktivem Skilehrer. Andi steckte wie üblich mit Irmi, Rupert, Bille, Timo und dem Hamster zusammen.

Der Hamster hieß eigentlich Max Förster, aber seine Fähigkeit, ein doppelt belegtes Pausenbrot auf einen einzigen Haps zwischen die Backen zu schieben, hatte ihm schon in der Fünften den Spitznamen „Hamster“ eingebracht. In der 8c hatte auch Lena zu dieser Clique gehört, aber das war ja schon fast ein halbes Schuljahr her. Schnee von gestern.

Sie fuhr gedankenverloren die tief eingegrabenen Schnitzspuren auf ihrem Tisch mit dem Fingernagel nach. Irgendwann hatten die einzelnen Striche mal „Scheißschule“ ergeben. Inzwischen hatte ein weiteres gutes halbes Dutzend gelangweilter Schüler das Kunstwerk in ein wirres Labyrinth aus Gräben und Kurven verwandelt. Sie kannte jede Ecke und Rundung davon besser als die endlosen Zahlenketten in ihrem Mathematikbuch.

In diesem Moment tauchte Studienrat Spange auf. Wenn man an den Teufel dachte ... Sie hätte sich nicht gerade an Mathematik erinnern sollen. Das Gemurmel versickerte, und die letzten Stühle scharrten über den Boden.

„Tag, Herrschaften!" begann der Klassenlehrer in seiner knappen, trockenen Art. „Auf die Gefahr hin, euch allzu abrupt mit der Wirklichkeit zu konfrontieren, riskiere ich es, euch das Ergebnis des letzten Mathematiktestes zur Kenntnis zu bringen. Vielleicht interessiert es euch, daß die Klassendurchschnittsnote bei einer unschönen 4,3 liegt! Ein Fiasko! Mehr möchte ich dazu eigentlich gar nicht sagen ..."

Lena hätte sich am liebsten geweigert, das DIN-A4-Blatt in Empfang zu nehmen. Sie ahnte Fürchterliches. Aber Timo, der auf einen Wink Dr. Spanges hin die Arbeiten austeilte, legte es einfach über das Schnitzkunstwerk und ging weiter. Ein Blick, und sie wußte, was los war.

Rechts oben, direkt über ihrem schwungvoll geschriebenen Namen stand eine runde, hübsche, unmißverständliche Sechs! Die Eins des kleinen Mannes, wie der Hamster mit seinem strapazierfähigen Humor sie einmal genannt hatte. Heute munterte nicht einmal dieser altbekannte Witz Lena in ihrer Weltuntergangsstimmung auf.

Sie starrte auf die roten Korrekturzeichen. Grell und böse machten sie aus ihren verzweifelten Rechenversuchen nur lächerliches Gekritzel. Und als Krönung Spanges Bemerkung: „Deine Lücken sind beklagenswert!“

Lena schluckte. Auch wenn sie schon vor Weihnachten kein gutes Gefühl gehabt hatte, ein Rest von Optimismus hatte sich über den Jahreswechsel hinweg hartnäckig gehalten. Man konnte ja auch mal Glück haben, oder? Vielleicht hatte sie aus reinem Zufall die eine oder andere Lösung richtig erwischt. Prinzip „blindes Huhn“.

Fehlanzeige. Kein einziges Korn. Nur beklagenswerte Lücken.

„Wenn du dem Unterricht künftig nicht ein bißchen mehr Aufmerksamkeit schenkst, wird die nächste Klassenarbeit ähnlich ausfallen, Lena!“ mahnte in diesem Moment Dr. Spange. „Im Traum sind noch keiner Schülerin die Geheimnisse der höheren Mathematik mitgeteilt worden. Am besten, du kommst mal an die Tafel vor und schreibst mit, während wir den Test gemeinsam korrigieren. Natürlich nur, wenn dich das nicht allzusehr in deinen sicherlich sehr wichtigen Überlegungen stört ...“

Lena wurde rot und hörte die anderen kichern. Sie glaubte Schadenfreude herauszuhören. Die gönnten ihr wohl diesen Rüffel. Auch Pepsi grinste, obwohl sie auch nur eine Fünf aus dem Notentopf herausgetaucht hatte.

Trotzig drückte sie die Schultern durch und ging vor zur Tafel. Nur keine Schwäche zeigen, Lena. Nicht vor dieser Horde, die dich sowieso links liegenläßt. Du hast sie nicht nötig. Niemanden von ihnen. Sollen sie doch lästern.

Dr. Spange sorgte dafür, daß sie ihr Selbstgespräch abkürzte. Nach weiteren fünf Minuten war sie zwar nicht klüger, aber sie schwitzte vor lauter Ärger und Frustration. Ausgerechnet heute, wo sie den neuen Strickpulli mit Kapuze anhatte. Ein Weihnachtsgeschenk ihrer Mutter. Für einen Moment hatte Lena am Heiligen Abend alles vergessen und war ihr um den Hals gefallen, als sie ihn aus dem hübschen Papier mit den Goldsternchen geschält hatte.

Sie roch es förmlich selbst. Schülerpanik. Den unverkennbaren Dunst aus Angst und Schweiß, der aus dem Kragen aufstieg. Mist-Mathe! Blöder Spange, warum diktierte er so schnell? Sie ließ die Kreide verzweifelt sinken. Es hatte ja doch keinen Sinn.

Dr. Spange runzelte die Stirn. „Max, mach du bitte weiter. Und Lena, wenn du nach der Schule im Lehrerzimmer vorbeikommen könntest, wäre das nett. Ich möchte gerne ein paar Worte mit dir reden."

Lena senkte den Kopf und schlich an ihren Platz. Sie schaute starr auf den grauen PVC-Boden. Ein toller Start nach den Ferien. Die erste Stunde, und schon die erste Einladung zur persönlichen Hinrichtung im Lehrerzimmer. Gratulation, Lena Dominick, das hast du prima hingekriegt, versuchte sie es mit Galgenhumor. Doch auch der verließ sie, als sie um fünf nach eins ihrem Mathelehrer wieder gegenüberstand.

„Setz dich, Lena!"

Lena sank mit weichen Knien auf den Holzstuhl und hielt ihre Schulmappe auf den Knien. Sie wünschte sich meilenweit weg. Was wollte Spange von ihr?

„Hast du schon einmal daran gedacht, Nachhilfe in Anspruch zu nehmen?" Er kam gleich zum Kern der Sache. „Du mußt den Lehrstoff der vergangenen drei Monate vertiefen und deine Lücken auffüllen, sonst hast du keine Chance, bis zum Abitur zu kommen. Ich könnte dir ohne weiteres einen guten Matheschüler aus den oberen Klassen vermitteln, der mit dir das Ganze nachpaukt."

„Nachpauken?" Lena bemerkte gar nicht, wie entsetzt ihr Ton klang. Die Schule nervte doch sowieso schon tierisch. Der Gedanke an zusätzliche Arbeit versetzte sie erst recht in Panik. Sollte sie denn nur noch arbeiten und pauken, pauken und arbeiten? Sie hatte doch jetzt schon kaum Freizeit!

„Überleg es dir", bot Dr. Spange an. „Du mußt dich in jedem Fall bald entscheiden. Ich setze für das Zwischenzeugnis noch eine Klassenarbeit an. Wenn du so weitermachst wie bisher, sehe ich schwarz."

Lena preßte die Lippen aufeinander und schwieg. Na und? Sollte er doch schwarzsehen. Wen interessierte es schon, ob Lena Dominick das Abitur machte?

„Lena, ich weiß von deiner Mutter, daß du keine leichte Zeit durchmachst. Aber begreif doch, daß es weder dir noch deinen Eltern nützt, wenn du dich derart hängenläßt! Ich bin gerne bereit, dir jede Hilfe zu geben, aber ohne deine Bereitschaft, das Steuer herumzureißen, kommen wir keinen Schritt weiter."

Spanges Psychosonderberatung. Lena schwieg weiterhin hartnäckig. Sie fühlte sich miserabel. Der weiche Pulli juckte an den Oberarmen und am Hals. Sie hätte sich gerne gekratzt, aber das hätte ihr Dr. Spange sicher als Nervosität ausgelegt. Was mischte er sich eigentlich in die Sache ein?

„Lena, eine Scheidung ist schlimm, aber beileibe kein Weltuntergang. Du machst einen schrecklichen Fehler, wenn du dich auf diese Art von Protest verlegst. Du schadest im Endeffekt nur dir selbst!"

„Ich muß jetzt gehen, sonst verpasse ich den Bus!" wisperte sie störrisch.

Dr. Spange sah ein, daß er bei Lena Dominick im Moment wenig erreichen konnte. Er seufzte resigniert. „Schon gut, lauf zu. Aber überleg dir das mit dem Nachhilfeunterricht, es ist wichtig für dich. Besonders im Hinblick darauf, daß du auch in einigen anderen Fächern wackelig stehst!"

Lena schoß von ihrem Sitz hoch und floh regelrecht aus dem Lehrerzimmer. Ihr Abschiedsgruß wurde von der zuklappenden Tür abgeschnitten. Dr. Spange seufzte noch einmal. Er sah auf seine Hände, die einen Stift so fest umklammert hielten, daß die Knöchel weiß schimmerten. Am liebsten hätte er Lena Dominick bei den Schultern gepackt und geschüttelt.

Es war schwer zu sagen, welches seiner Gefühle für diese Schülerin heftiger war. Der Zorn über ihren dummen Starrsinn oder das Mitleid für ihre mühsam kaschierte Verzweiflung und Orientierungslosigkeit. Ob es etwas half, wenn er die Mutter noch einmal zu einer Unterredung bestellte?

Die babyblaue Kerze in dem niedrigen Porzellanleuchter war von einem Kranz aus genauso babyblauen Leinenblumen umgeben. Kitschig. Lena sah dem blaßblauen Tropfen zu, der sich am Rand sammelte und dicker wurde. Es würde Wachsflecken auf der weißen Tischdecke geben, wenn er endlich fiel. Komisch, daß Mutter das drohende Unheil übersah. Normalerweise nahm sie in solchen Fällen eine Papierserviette und legte sie exakt unter den Leuchter. Es war zwar nicht ihre Tischdecke, aber sie war eben ordentlich.

Heute kümmerte sie kein Wachs. Lächelnd lehnte sie in ihrem Stuhl und hörte Peter Dominick zu, der eine lustige Episode aus einem seiner letzten Seminare erzählte. Sie amüsierten sich beide. Lena sah es und begriff es nicht. Schon zum dritten Mal trafen sie sich nun bei ihrem Lieblingsitaliener. Langsam wurden Dads Einladungen am Samstagmittag zur festen Einrichtung. Von Mal zu Mal verstand sie freilich weniger, was dabei in ihren Eltern vorging.

„Meine Güte, Lena! Was ist los mit dir? Du guckst wie ein Tiefdruckgebiet vor dem nächsten Regenguß!" versuchte ihr Vater einen Scherz.

„Sie guckt wie jemand, der diese Woche in der Mathearbeit eine Sechs geschrieben hat", korrigierte Rena Dominick nüchtern. „Eine Meisterleistung!"

Lena zuckte getroffen zusammen. „Was habt ihr von mir erwartet?" verteidigte sie sich unfreundlich. „Wer soll sich denn auf die Schule konzentrieren, wenn ihr alles auf den Kopf stellt!"

„Lena!"

Sie zog den Kopf ein und starrte auf die Tischdecke. Inzwischen war der Wachstropfen abgestürzt. Von einem blauen Klecks zogen sich sternförmig hellblaue Spritzer auseinander. Sie drückte den Zeigefinger in die Mitte.

„Na, das sind ja tolle Neuigkeiten", begann jetzt ihr Vater ein wenig leiser. „Wie konnte denn das passieren, Lena?"

Oh, Gott! Lena verdrehte die Augen. Was erwartete er?

Kniefall? Canossa? Detaillierte Erklärungen? Die hieb- und stichfeste Gebrauchsanweisung für die Erringung einer Sechs? Sie wußte doch selbst bloß, daß sie eben an alles andere gedacht hatte, nur nicht an diese öde Mathearbeit!

„Es ist halt passiert“, sagte sie trotzig.

„Du machst es dir zu leicht, Tochter. Ich erwarte von dir, daß du dich umgehend auf den Hosenboden setzt. Ist dir nicht klar, daß das Halbjahreszeugnis in Kürze fällig ist?“

War das die Sorte Pädagogik, die er auch in seinen EDV-Seminaren einsetzte? Nicht besonders erfolgversprechend, fand Lena. Sie jedenfalls verspürte keine gesteigerte Motivation, der Aufforderung zu folgen. Wozu denn auch?

In diesem Moment wurden die dampfenden Pizzas serviert. Salami für Lena, Meeresfrüchte für ihre Mutter und wie üblich „mit allem“ für Vater. Das Gespräch stockte, solange der Ober den Wein nachgoß und die Teller verteilte. Dann war die Schonfrist abgelaufen.

„Wir haben dir eine Menge Zeit gelassen, die neuen Umstände zu akzeptieren. Wir haben auch beide viel Geduld bewiesen, wenn es um deine Launen und Einfälle ging“, zählte Peter Dominick zum x-ten Mal auf. „Aber ich finde, daß es einfach reicht. Du bist fünfzehn. Andere Mädchen in deinem Alter arbeiten schon und müssen sich bewähren. Wir verlangen ja keine Unmöglichkeiten von dir. Lediglich die Noten, die du bisher auch geschrieben hast, und ein bißchen Verständnis dafür, daß auch Eltern Menschen sind, die ihre Bedürfnisse haben, und keine seelenlosen Institutionen.“

Die Salamipizza in Lenas Mund wurde wundersamerweise immer mehr. Sie quoll auf und füllte den Gaumen wie Schaumgummi. Lena hatte Mühe, den Bissen hinunterzuschlucken. Daß ihre Mutter gegenüber seelenruhig und mit bestem Appetit Stückchen für Stückchen hinter die rot geschminkten Lippen schob, verschlug ihr endgültig den Appetit.

Sie ließ das Besteck sinken. Irgendwie war es doch abartig, daß sie hier als Familie saßen und auch den üblichen Familienknatsch in Sachen Noten abzogen. Sie spielten etwas, das sie nicht mehr waren! Aber sie würde nicht mehr mitspielen! Sie nicht!

Die „Institution Vater" nahm nun ebenfalls die Pizza in Angriff. Offensichtlich hatte er alles gesagt, und für ihn war das Thema damit abgeschlossen. Lena wußte nicht, ob sie sich darüber freuen oder ärgern sollte.

Sicher, sie legte keinen Wert auf Standpauken. Auf der anderen Seite kränkte es sie, daß ihr Mathefiasko wie ein Tagesordnungspunkt abgehakt worden war. Ein beiläufiger Punkt, denn nun erläuterte Mutter einen schwierigen Rechtsfall, den ihr Chef im Moment bearbeitete.

Komisch, zu Hause, früher, hatten sie nie in dieser Ausführlichkeit miteinander Berufliches durchgehechelt. Vater hatte einen auf abgespannt gemacht, und neben pünktlichem und gutem Essen hatte ihn in erster Linie seine Ruhe interessiert. Gespräche hatten sich um Lena gedreht. Manchmal auch um das, was im Haus gerichtet oder geändert werden mußte, oder eine Urlaubsreise.

„Du ißt ja gar nicht, Lena! Hast du keinen Hunger?"

Der plötzliche Unterton von Sorge in Mutters Frage tat Lena gut. Sie schüttelte matt den Kopf.

„Nicht besonders ...“

„Na, dann ist es wohl vernünftiger, wir bestellen dein Tiramisu wieder ab. Wäre ja schade, wenn du alles stehenläßt, nicht wahr?“

Jetzt wurde es Lena wirklich schlecht. Statt der wenigen Bissen Pizza schien sie ein Verzweiflungskonzentrat und Wutpillen gegessen zu haben. Eine Mixtur, die Krämpfe in ihrem Magen verursachte. Ob sie dabei war, krank zu werden? Die Aussicht ließ sie kalt. Inzwischen bot nicht einmal der Gedanke an gesundheitliche Schäden, dramatische Magersucht und elterliche Sorge Trost.

Das waren doch kindische Träume, sie sah es ein. Alberne Vorstellungen, so lächerlich wie schnulzige Poesiealbumverse, die von treuer Freundschaft und ewiger Liebe sprachen. In einem stimmte sie ihrem Vater zu: Sie mußte endlich die Wirklichkeit akzeptieren, wie sie war. Die Realität bedeutete zwei Erwachsene, die sich ohne Rücksicht auf ihr Kind arrangierten. Die sich sogar eine neue Freundschaft auf Lenas Kosten leisteten.

Es tat weh, ihnen dabei zuzusehen. Und es weckte den inzwischen nur zu bekannten Wunsch, ihnen ebenfalls weh zu tun. Sie ließ die Gabel sinken und sah ihren Vater mit einem falschen Lächeln an.

„Wie geht's eigentlich deiner Sexbombe Manuela? Trägt sie immer noch nur deine Schlafanzugoberteile, wenn sie dich besucht?“

Peter Dominicks Gabel pendelte sekundenlang über der Pizza. Dann pikste er das nächste Stück auf und schaute seiner Tochter offen in die Augen. „Tut sie nicht mehr, wenn es dich wirklich interessiert. Wir haben uns kurz vor Weihnachten getrennt.“

Schau, schau. Lena blinzelte. Kein Happy-End für die Barbiepuppe. Aus den Augenwinkeln beobachtete sie ihre Mutter. Ob sie die näheren Gründe für diese Trennung kannte? Gelassen legte sie eben das Besteck quer über den leeren Teller. In ihren Zügen fand sich weder Befriedigung noch Empörung.

„Sind damit deine Fragen beantwortet, oder möchtest du das Thema ausführlicher behandeln?"

Lena zuckte zusammen und wandte ihre Aufmerksamkeit wieder dem Vater zu. Machte er auch noch Witze über das Thema? Nein, er sah ganz beherrscht aus. Weder gut noch schlecht gelaunt. Über den Dingen stehend. Nach dem Motto: Ich lasse mich nicht von einem kleinen Mädchen provozieren. Ich doch nicht, der tolle Peter Dominick! In Lenas Magen wurde das kleine Stückchen Pizza zu einem Ziegelstein.

„Mir ist schlecht. Ich geh' an die frische Luft!"

Sie sah, daß ihr Vater eine Hand auf Rena Dominicks Arm legte, als wolle er verhindern, daß sie etwas sagte. Dann nickte er. „Bleib in der Nähe, damit ich dich nicht suchen muß, wenn ich euch heimfahre."

„Brauchst du nicht, ich laufe lieber ..."

„Das ist vernünftig. So vergeht Übelkeit am schnellsten! Bis zum nächsten Samstag, Liebes. Vergiß aber nicht, was ich dir zum Thema Schule gesagt habe."

„Und wenn du ganz zufällig irgendwelche Freunde treffen solltest", fügte ihre Mutter vielsagend hinzu, „spätestens um fünf bist du daheim, ist das klar?"

Was im Klartext bedeutete, daß sie ihr kein Wort glaubte. Lena spürte, wie sich ihre Magenwände zusammenzogen. Der krampfartige Schmerz trieb ihr die Tränen in die

Augen. Trotzdem schwieg sie. Es war egal, was sie dachten. Hauptsache, sie kam hier weg.

Sie murmelte einen Abschiedsgruß und nahm sich kaum die Zeit, ihren Swingermantel zuzuknöpfen. Sie sollten nicht sehen, wie ihr die Tränen die Wangen hinunterliefen. Die geballten Fäuste in die Seitentaschen vergraben, wandte sie sich vor der Tür in Richtung Innenstadt. Schluchzend marschierte sie ziellos einfach geradeaus. Fast wäre sie bei Rot über die nächste Ampel gestürmt. Ein wütend hupender Autofahrer brachte sie zur Besinnung. Benommen blieb sie am Straßenrand stehen.

Die kurze Atempause tat gut. Lena bemerkte, daß sich die Sonne gegen die Wolken durchgesetzt hatte und daß trotz der Schneereste schon eine Ahnung von Frühling in der Luft lag. Die Helligkeit drang in ihr Bewußtsein. So, als hätte sie plötzlich eine Sonnenbrille abgesetzt, die sie gar nicht trug. Sie putzte die Nase und lief langsamer weiter. Jetzt verspürte sie auch wieder Hunger. Zwei Bissen Pizza waren zu wenig für eine Fünfzehnjährige, die sich das Frühstück gespart hatte.

Sie steuerte die nächste Filiale einer Hamburgerkette an und stellte sich an. Sie orderte ihren Lieblingshamburger und wollte eben das Geld dafür aus der Schultertasche holen, als sie den Schlamassel bemerkte: Lieber Himmel! Ihre Tasche! Sie hatte sie beim Italiener über der Stuhllehne hängenlassen!

„Was ist jetzt? Willst du den Hamburger oder nicht? Halt hier nicht den Betrieb auf!"

Im Gegensatz zu den netten Verkäufern in der Werbung war der ungeduldige Typ hinter der Theke nicht besonders liebenswürdig. Lena wurde knallrot. Sie schüttelte kleinlaut den Kopf.

„Tut mir leid, nein, ich kann nicht! Ich ... habe mein Geld vergessen! Ich ...“

„Setz den Hamburger auf meine Rechnung, und gib mir das gleiche!“ mischte sich in diesem Moment eine bekannte Stimme ein.

Lenas Gesichtsfarbe glich nun der eines Feuerlöschers. Chris Scheibler!

„Hi, Lena!“ grinste er freundlich auf sie herab und schob einen Zehnmarkschein über die Glasplatte. „Sieht so aus, als steckst du mal wieder in einer Klemme. Mußt du dich dafür eigentlich besonders anstrengen, oder schaffst du das immer ganz von alleine?“

„Naturtalent“, antwortete Lena spröde und wäre am liebsten in der Erde versunken. „Stürz dich meinetwegen bloß nicht in Unkosten. Mein Hungertod ist noch in weiter Ferne!“

Seitdem er sie vor Weihnachten nach Hause gefahren hatte, waren sie sich nicht mehr begegnet. Manchmal hatte Lena ihn auf dem Pausenhof oder in den Schulgängen irgendwo von weitem gesehen, aber das war's dann auch schon gewesen. Ein flüchtiger Gruß, ab und zu ein „Hey!“. Aber kein Versuch, an seinen letzten Satz damals vor ihrer Haustür im Schneematsch anzuknüpfen.

Chris reichte ihr den verpackten Hamburger und grub die Zähne in seine Portion. Schöne Zähne hatte er. Kräftig, weiß, gepflegt und ebenmäßig. Komisch, daß ihr das noch nie aufgefallen war.

„Iß“, forderte er sie ein wenig undeutlich auf, weil er den Mund voll hatte, und schob sie mit lässiger Vertrautheit nach draußen. „Je länger die Salatblätter herumhängen, um so weniger Vitamine haben sie!“

„Glaubst du ehrlich an das Märchen von Vitaminen in lauwarmem Fast food?“ nuschelte sie ebenso verschwommen zurück, dankbar für ein unverfängliches Thema, und wenn es noch so blöde war.

„Was bleibt einem übrig als den Werbespots zu glauben!“ flachste Christian und verdrehte salbungsvoll die Augen.

„Amen!“ setzte Lena grinsend hinzu und leckte sich die Finger ab. „Trotzdem, danke für den Notproviant. Ich geb' dir das Geld am Montag in der Schule. Ich hab' blöderweise meine Tasche beim Italiener hängenlassen.“

„Und das sagst du so ruhig? Willst du sie holen? Soll ich dich hinfahren? Meine Kiste steht um die Ecke!“

„Nur keine Panik. Meine Regierung sitzt dort. Die bringen mir die Tasche sicher mit.“

„Deine Regierung? Sagtest du nicht was, daß die im Scheidungskrieg leben?“

Lena hob die Schultern. „Scheidung schon, aber Krieg nur mit mir. Man könnte meinen, die beiden sind die dicksten Freunde. Ich begreif' das nicht ...“

Chris lehnte an der halbhohen Brüstung zum U-Bahn-Abgang. Das schmale Gesicht mit der randlosen Brille wirkte erstaunlich vertraut auf Lena. Unter seinem offenen grauen Anorak erkannte sie ein tiefrotes Sweatshirt, und den Motorradhelm hatte er lässig in der linken Hand. Er hatte sie geschickt in eine geschützte Ecke manövriert, die vom üblichen Trubel der Fußgängerzone unberührt blieb.

„Was hast du erwartet?“

Meinte er die Frage ernst? Lena fand keinen Spott in seinen Augen. Nur freundschaftliches Interesse, Neugier, vielleicht sogar Wärme. Ja, was hatte sie eigentlich erwartet? Zum ersten Mal versuchte sie ihre Gedanken laut zu formulieren.

„Wenn man sich scheiden läßt, bedeutet das doch, daß etwas schrecklich schiefgegangen ist. Das tut doch weh. Und es muß jede Menge Gefühl im Spiel sein. Enttäuschung, Trauer, Liebe, Wut, Haß, was weiß ich alles. Ich könnte verstehen, wenn meine Mutter weint und schimpft, wenn mein Vater zornig und betroffen ist. Das wäre menschlich, normal – und nicht diese rosarote Verständniswolke, auf der sie da gemeinsam schweben. Mutter hat sich nicht einmal darüber aufgeregt, daß er eine Freundin hat, die kaum älter war als ich! Wenn er die nächste anschleppt, gratuliert sie ihm vermutlich noch dazu und schickt Blümchen. Ich finde das alles so abstoßend ... so geschmacklos ..."

Lena sah eine Andeutung von Falten auf Chris' Stirn. Er ließ sich Zeit mit seiner Antwort. Sie wartete geduldig. Endlich holte er Luft und sagte bedächtig: „Wenn du Bockmist baust, bist du doch sicher auch nicht scharf darauf, die Sache ständig wiederzukäuen. Vielleicht sind sie beide gleich schuld an dem Chaos und können sich jetzt gegenseitig gar keine großen Vorwürfe machen. Sie lassen sich scheiden; was er für Freundinnen hat, ist allein seine Sache."

„Und wo komm' ich in dieser Geschichte vor? Als Betriebsunfall?"

„Puh, du kannst ganz schön biestig werden, was?" Chris hob abwehrend beide Hände. „Wären dir eigentlich ständiger Familienzoff und hysterische Tränen lieber als eine rechtzeitige saubere Trennung?"

„Quatsch, natürlich nicht ... nur ..." Sie brach ab, suchte nach Worten, während sie die Hamburgerverpackung zu einem Knäuel zerdrückte und in einen Papierkorb warf. „Es ist unfair, daß sie alles kaputtmachen dürfen, ohne daß ich ein Mitspracherecht habe!"

„Wer hat dir erzählt, daß immer alles fair und gerecht zugeht? Manchmal ist schlicht Schadensbegrenzung angesagt. Wenn schon Knitter in der Seele, dann wenigstens nicht allzu viele ..."

Lena hatte sich eigentlich eine Bestätigung ihres Protestes von ihm erwartet. Ihre gute Laune schwand. „Du hast leicht reden. Du bist vermutlich schon volljährig, und dir redet keiner mehr dazwischen. Ihr in der Dreizehnten könnt ja sogar schon eure eigenen Entschuldigungen unterschreiben."

„Neidisch?" Christian zog eine Grimasse, nahm seine Brille ab und polierte die Gläser mit seinem Sweatshirt. Er wirkte ganz in seine Arbeit vertieft, und Lena bemerkte, daß er gepflegte Hände mit langen kräftigen Fingern hatte, deren Nägel kurz geschnitten und erstaunlich sauber waren. Keine Mopedbastlerhände oder Fingernagelruinen, wie man es bei anderen Jungen manchmal sah. Lesehände. Musikerhände. Angenehm zum Anfassen und angenehm zu spüren. Sie erinnerte sich, wie er sie aus dem Restaurant geschoben hatte.

„So beneidenswert ist es auch nicht", sprach er jetzt weiter. „Auch mit achtzehn sind die vierundzwanzig Stunden eines Tages die reine Achterbahnfahrt zwischen Penne, Klausuren, normalem Elternstreß und dem üblichen, stinknormalen Knatsch. Erwarte an deinem achtzehnten Geburtstag bloß keinen zweiten Urknall, der alles einfacher macht."

Lena pustete sich eine Haarsträhne aus der Stirn. Ob unter dem „üblichen Knatsch" bei ihm auch die Mädchen angesiedelt waren? Womit sie wieder bei jenem rätselhaften Satz war, den sie seit Dezember nicht aus dem Kopf bekam. Sie schaute zu, wie er die Brille aufsetzte und sie anlächelte. Lieber Gott, bitte laß mich nicht rot werden!

„Okay, okay", stürzte sie sich verlegen in eine Antwort. Sie bereute bereits, daß sie ihre geheimsten Gedanken ausgesprochen hatte. Vermutlich hielt er sie für eine alberne Nuß, die ihm nur die Zeit stahl. „Einigen wir uns darauf, daß wir beide arme Nullen sind. Nett von dir, daß du mir zugehört hast."

„Was hältst du davon, wenn wir uns zur Belohnung was Gutes gönnen? Im Roxy gibt's ein Festival mit alten Elvis-Presley-Filmen. Ich wollte jetzt hingehen. Hättest du Lust mitzukommen?"

Lena stupste verlegen ein paarmal mit der Schuhspitze gegen die Mauer. Was sollte sie von dieser Aufforderung halten? Glaubte er, sie trösten zu müssen? Sozialfall Dominick, geknickte Scheidungswaise. Wieder flammte Mißtrauen auf und machte das kleine bißchen Vertrautheit zwischen ihnen erneut kaputt.

„Nö danke", lehnte sie spröde ab. „Dein Pfadfinderkonto ist mit dem Hamburger und der Psychoberatung voll ausgeglichen. Ich muß jetzt heim."

Chris trug die erneute Abfuhr mit Haltung. Höchstens, daß seine Lippen ein wenig schmaler wurden und das Schulterzucken zu gewollt wirkte.

Er nahm seinen Helm und setzte ihn demonstrativ auf. „Du mußt es wissen. Ich fahr' los, sonst verpasse ich den Film ..."

Daß er das Ende des Satzes fragend in der Luft hängen ließ, überhörte Lena. Sie machte lediglich eine Handbewegung, die ein Mittelding zwischen Gruß und Abwehr darstellte. Chris erkannte nur die Abwehr. Er gab es auf und ging. Sie schaute ihm nach, wie er um die Ecke verschwand. Viel zu spät setzten die Selbstvorwürfe ein. Und wenn sie nun die Gründe für seine Einladung mißverstanden hatte?

Was war, wenn es Chris Scheibler auf Lena Dominick als Person ankam und nicht auf ihren Fall als Scheidungswaise? Aber woher sollte sie das wissen? Er wirkte immer so gelassen, so reif, so völlig ohne Zweifel an sich selbst. Warum sollte sich ein solcher Junge für sie interessieren? Die blitzblank gewienerten Scheiben des Hamburgertempels gaben ihr keine Antwort.

# 11

„Wer ist eigentlich der Junge, mit dem du dich neulich in der Stadt getroffen hast?“

Lena fuhr zusammen. Wie typisch für ihre Mutter, diese scheinbar beiläufige Frage ausgerechnet dann zu stellen, wenn sie mit dem Kopf voller Shampoo über dem Waschbecken lehnte und sich die Haare wusch. Wütend knirschte sie mit den Zähnen. War ihr ausgerechnet jetzt wieder eingefallen, daß sie sich um ihre Tochter kümmern mußte? Daß es neben ach so tollem Job, Exmann und der goldenen Freiheit auch irgendwo jemanden namens Lena gab?

„Wen meinst du?“ Sie stellte sich betont ahnungslos und drehte das Wasser voll auf. Sie wollte in Frieden gelassen werden.

„Den Großen mit der Brille. Es kommt mir vor, als würde ich ihn irgendwoher kennen. Ist er aus deiner Klasse?“

Lena begriff, daß sie keine Chance hatte. Auch in Scheidungszeiten funktionierte die mütterliche Radaranlage. Vielleicht sogar besser als je zuvor. Sie drehte den Wasserhahn zu. „Chris Scheibler, aus der Dreizehnten. Er baut gerade sein Abi.“

„Ach, Scheibler ... Er sieht sympathisch aus ...“

Oh, diese unausgesprochenen Fragen, die da mitschwangen! Jede Wette, daß der Name seit dem blöden Telefongespräch mit Pepsi im Kontrollcomputer gespeichert war. Zusätzlich mit den nötigen Standardfragesätzen! Wo wohnt er? Was tun seine Eltern? Mit welchem Notendurchschnitt schafft er sein Abi? Woher hat er das Geld für das Motorrad? Raucht er? Trinkt er? Lena hätte die Liste endlos fortsetzen können. Geschickt versuchte sie der unerwarteten Neugier zuvorzukommen.

„Nein, wir sind nicht befreundet. Ich hab' ihn zufällig getroffen, und er hat mir Geld gepumpt. Ich hatte doch meine Tasche beim Italiener vergessen. Das ist alles."

Lena hörte selbst, daß die letzten drei Worte einen bedrückten Unterton hatten. Sie wußte nicht genau, was sie von Chris erwartet hatte, aber die Vertrautheit jenes letzten ausführlichen Gesprächs mit ihm hatte sich nie wieder eingestellt. Wenn sie sich sahen, gab er sich freundlich, manchmal spöttisch, doch immer sehr zugeknöpft. Das war keine Freundschaft, das konnte kaum Bekanntschaft genannt werden.

Sie wußte, daß Chris mit seinem Abi eine Menge um die Ohren hatte. Sie hielt ihm auch im geheimen die Daumen, aber die Enttäuschung wuchs mit jedem Tag. Chris benahm sich wie ein großer Bruder, der seiner lästigen kleinen Schwester gnädigerweise ab und zu ein Krümelchen Aufmerksamkeit schenkte. Sie haßte diese Rolle! Sie wollte keine kleine Schwester sein! Und schon gar nicht seine!

Wütend streifte sie sich das Wasser aus den Locken und angelte nach dem Handtuch. Als ob sie nicht auch ohne Chris Scheibler genügend Schwierigkeiten hätte! Es sah nämlich ganz danach aus, als versuchte sie in der 9c vergeblich auf einen fahrenden Zug aufzuspringen.

Auch wenn es ihr gelungen war, in ein paar Fächern die gröbsten Schnitzer auszugleichen; Mathe und Englisch blieben unverändert kritisch. Hinzu kam, daß Dr. Spange einen Verkehrsunfall gehabt hatte und im Krankenhaus lag. Sein Vertreter nahm an, daß er eine Klasse Mathegenies zurechtfeilen sollte. Unter seiner Leitung sah Lena erst recht schwarz für ihre Note im bevorstehenden Zwischenzeugnis.

Ihr Seufzer erstickte zwischen den Frotteefalten, und sie tauchte mit verstrubbelten Haaren wieder auf. Mitten hinein in den nachdenklichen Blick ihrer Mutter, die mit frisch lackierten Fingernägeln durch die Luft wedelte.

„Schade. Einen Freund wie den, das hätte ich dir gewünscht. Du bist zuviel allein. Dein Ausgehverbot betraf nur die Abende. Es bedeutet nicht, daß du dich auch während der übrigen Freizeit in deinen vier Wänden vergraben sollst. Es gefällt mir nicht, daß du den Töpferkurs und die Jazzgymnastik aufgegeben hast. Seit wann liebst du die Einsamkeit? Hast du dich mit deinen Freundinnen verkracht? Was ist mit Andi und den übrigen Mädchen, mit denen du dich immer getroffen hast? Nicht mal diese Pepsi ruft mehr an ...“

Lena schnappte nach Luft. Irgendwie hatte sie nicht damit gerechnet, daß ihre Mutter wußte, wie sie ihre Zeit verbrachte. Eine Dummheit, zugegeben, schließlich mußte sie ja die Gebühren für Sport- und Hobbykurse überweisen. Daß Lena alles gekündigt hatte, verrieten schon die Kontoauszüge.

Was sollte sie also antworten? Daß sie sich mit ihren Freundinnen nicht streiten konnte, weil sie gar keine mehr hatte? Daß sie zu stolz war, um von sich aus wieder Anschluß zu suchen? Daß sie lieber alleine blieb, weil sie ja doch niemand richtig verstand? Daß sie Angst vor blöden Bemerkungen und dummen Fragen hatte?

Nein, irgendwie stand ihr das sinnlose Gejammer inzwischen bis oben. Es brachte weder Erleichterung noch Änderung. Es war pure Luftverschwendung. Sie griff nach dem grobzinkigen Kamm und begann trotzig ihre feuchten Strähnen zu entwirren. Warum nicht zur Abwechslung einfach die Wahrheit sagen? Einen Versuch war es wert.

„Es ist aus mit Pepsi, wenn du es genau wissen willst. Darüber müßtest du doch glücklich sein. Dir haben Pepsi und ihre Freunde schließlich nie gepaßt. Du kannst deinen späten Sieg feiern."

„Höchstens den Sieg der Vernunft!" Rena Dominick hatte in der vergangenen Woche gelernt, jede Provokation sorgfältig zu vermeiden. Daß das Thema Pepsi vom Tisch war, erleichterte sie. Sie wagte einen weiteren Vorstoß. „Du darfst dich nicht so abkapseln, Lena! Sei vernünftig. Wir machen uns Sorgen um dich. Peter und ich ..."

Peter und ich! Tooor! Volltreffer auf Lenas empfindsamste Stelle! Sie preßte die Lippen aufeinander. Sie kam sich vor, als hätte sie beim Basketball unversehens den Ball in den Magen bekommen. Sie ließ den Kamm sinken. Sie zitterte vor unterdrückter Erbitterung.

„Sorgen macht ihr euch, Peter und du? Das hättet ihr mal im vergangenen Herbst tun sollen!" schrie sie empört. „Inzwischen ist es zu spät. Jetzt macht ihr euch nur noch lächerlich damit!"

Was zuviel war, war zuviel! Sie stürmte aus dem Bad. Das mühsame Gleichgewicht der Beziehung zwischen Mutter und Tochter, das sich in den letzten Wochen in Alltagsdingen ein wenig stabilisiert hatte, war nun wieder gründlich zerstört. Peter und ich – und wo war Lena?

Lena warf die Tür ins Schloß. In ihrem Zimmer schmiß sie sich wütend auf das Bett und ließ den Tränen freien Lauf.

Nachdem sie einmal mit dem Weinen angefangen hatte, war es um ihre Beherrschung geschehen. Es hatte sich eine Menge Unglück angesammelt. Eine dicke schwarze Elendswolke, die sie gewaltsam unter sich begrub. Ein dickes Tief, das sich nicht nur aus Elterntrennung, Schulärger und fehlenden Freundinnen zusammensetzte. Ein besonders trübes Gebiet war auch für Chris Scheibler reserviert ...

Was bildete sich der Knabe eigentlich ein? Was wollte er von ihr? Wie kam er dazu, sich in ihr Leben und in ihre Gedanken zu drängen? Chris Scheibler war ihr schnurzpiepe! Völlig egal, gleichgültig und total einerlei. Das Leben ohne ihn war schöner, leichter ... ach ...

Verflixt, wo waren denn schon wieder die Papiertaschentücher? Warum hatte man im Notfall nie genau das zur Hand, was man gerade brauchte?

„Dominick, es gibt da eine Unklarheit in deiner Schulakte.“ Studienrat Herringer sah von seinem Notizbuch auf. „Wir haben zwei Adressen von dir. Welche ist eigentlich die richtige?“

Lena wurde blaß um die Nasenspitze. Ein Lehrer, der sich kurz vor Ende des Schulhalbjahres um Anschriften kümmerte, konnte nur eines bedeuten: ein Brief als Vorbote für das bevorstehende Zwischenzeugnis. Sie fühlte, daß sie die Panik ergriff. Nicht auszudenken, wie Mutter darauf reagieren würde! Ausgerechnet jetzt, nach dem letzten Krach!

Sie starrte auf den Computerausdruck mit den Schüleranschriften. Aus unbekannten Gründen stand da sowohl die Wohnung ihrer Mutter als auch die Arabellastraße, in der Vater sein Apartment hatte. Dr. Spange hätte sich die Doppelangabe erklären können. Der Herringer hingegen hatte sicher keine Ahnung.

Ihre Gedanken überschlugen sich. Ihr Vater war in die Vereinigten Staaten geflogen. Computerschulung. Ohne länger nachzudenken, deutete Lena auf seine Adresse. Zwar keine Rettung für immer, aber der Aufschub einer Hinrichtung. „Das hier ist richtig, Herr Herringer ..."

„Danke. Bei der Gelegenheit möchte ich auch gleich deine Hausaufgaben sehen. Es besteht ja immerhin die Möglichkeit, daß du dieses Mal meine Erklärungen wenigstens im Ansatz begriffen hast ..."

Lena ballte die Fäuste so heftig, daß sich die Fingernägel in den Handballen gruben. Ekel! Scheißpauker! Wie sie diese überhebliche Arroganz haßte, mit der Studienrat Herringer sie auf den Status einer leicht Schwachsinnigen setzte. Er hatte ihr und den anderen erst klargemacht, was der strenge, aber verständnisvolle Dr. Spange für ein Superlehrer gewesen war. Hoffentlich wurde er schnell wieder gesund!

„Mensch, Lena! Ist es wirklich so schlimm mit deinen Noten, daß der Herringer einen Hinweis schickt? Ich hatte ja keine Ahnung ..."

Lena ließ ihren Pausenapfel sinken. Andrea Dirks stand vor ihr. Ihre ehemals allerbeste Freundin Andi, die jetzt vor Neugier fast platzte. Zumindest wirkte es auf Lena so.

„Spar dir das Beerdigungsgesülze", fauchte sie deswegen auch giftig. „Glaubst du, ich merke nicht, wie ihr euch freut? Endlich ist die blöde Lena auf die Nase gefallen, kicher-kicher. Die totale Gerechtigkeit, was?“

Andi schaute verwirrt. Die aggressive Wut, mit der Lena um sich schlug, verunsicherte sie. Sie war sich keiner Schuld bewußt. Durfte man nicht einmal mehr fragen? Sie tippte sich an die Stirn.

„Leidest du unter Verfolgungswahn? Daß du dich aus der Klassengemeinschaft ausgeklinkt hast, war ja wohl dein eigener Wunsch und Wille. Tut mir leid, wenn ich die gnädige Frau mit meiner unpassenden Anfrage belästigt habe. Soll nicht wieder vorkommen ...“

Lena biß in ihren Apfel und kaute schweigend. Sie kannte Andi gut genug, um zu wissen, daß trotz der biestigen Antwort eine Verständigung immer noch möglich gewesen wäre. Es lag nur an ihr und dem, was sie jetzt sagte. Aber sie brachte kein Wort über die Lippen. Sie war stumm. Dabei wußte sie, daß sie einen schlimmen Fehler machte. Sie brachte es nicht fertig, über den eigenen Schatten zu springen.

Andi wartete beharrlich. Lenas Apfel wurde weniger. Das mahlende Geräusch, das die Fruchtstücke zwischen ihren Zähnen verursachten, war der einzige Laut, den sie von sich gab. Es war eine Auseinandersetzung ohne Worte, die Andi genervt als erste aufgab. Sie zuckte mit den Schultern und suchte sich unterhaltsamere Gesellschaft.

Lena spickte todunglücklich das abgenagte Kerngehäuse in den nächsten Papierkorb. In diesem Moment entdeckte sie Chris Scheibler. Er kam mit einer Gruppe Abiturienten aus dem Verbindungsgang zum Hochbau. Zwei Mädchen waren auch darunter. Alle gestikulierten und lachten in bester Laune.

Lena starrte zu ihnen hinüber. Es war purer Neid, der da wie ein dicker Kloß in ihrem Hals steckte. Sie war sich bloß nicht genau im klaren darüber, ob es Neid auf die unbeschwerte Kameradschaft war oder Eifersucht, weil es andere gab, die mit Chris herumalberten.

Sie wollte ihnen nicht über den Weg laufen. Keine dieser komischen Bemerkungen riskieren, die sie manchmal im Vorbeigehen losließen, wenn sie mal irgendwo mit Chris stand. So als ob er sich in den Kindergarten verirrt hätte, weil er mit einem Mädchen sprach, das erst fünfzehn war. Sie drückte sich um die Ecke und blieb im toten Winkel zwischen Pausenkiosk und Schwarzem Brett stehen. Daß die Abiturienten genau auf diese Tafel zusteuerten, war Pech. Lena versuchte sich unsichtbar zu machen. Aber ihre Ohren konnte sie nicht verschließen.

„Gib's doch zu, Chris! Du willst nichts von Uschi wissen, weil du ein Auge auf die Kleine aus der Neunten geworfen hast!" sagte eines der Mädchen lachend.

„Du mußt reden", parierte Chris schlagfertig. „Lena ist mindestens fünf Zentimeter größer als du!"

Na bitte, hatte sie es nicht geahnt?

„Aber ein ganzes Ende jünger. Du belagerst sie ganz schön. Was findest du an ihr?" Das war einer der Jungen.

Atemlos wartete Lena auf Chris' Antwort. Sie wagte nicht, sich zu bewegen.

„Habt ihr heute mein Privatleben auf dem Programm?" wehrte er sich lachend. „Sorry, Leute! Keine weiteren Auskünfte!"

Lena teilte die Enttäuschung der anderen, die sich jetzt trennten und in verschiedene Richtungen davongingen, nachdem sie noch den Plan für die Abiturtermine diskutiert hatten. Sie verließ endlich ihr Versteck und lief Chris dummerweise genau in die Arme. Verflixt, das wirkte ja so, als habe sie absichtlich gelauscht!

„Hallo, dich kriegt man ja in der letzten Zeit kaum noch zu sehen! Wie geht's?“ Chris lächelte auf sie herab. Wenn er sich fragte, ob sie das Gespräch gehört hatte, so sah man es ihm nicht an.

Verlegen trat Lena von einem Fuß auf den anderen und begutachtete die Bodenfliesen der Halle. Schmutziggraues Karo mit schwarzen und braunen Sohlenspuren. „Schulstreß!“ antwortete sie leise. „Letzte Versuche, die Katastrophe zu vermeiden.“

„Zweckpessimismus oder Tatsache?“

„Der Herringer hat einen Hinweis losgeschickt!“

„Ach, du Schande! Davon hast du nie etwas erwähnt. Wo hakt's denn?“

Lena fand, daß sie heute ein Anrecht auf sein Mitleid hatte. „Mathe und Englisch. Mathe ist hoffnungslos, aber wenigstens in Englisch hätte ich mit einer Vier gerechnet. So kann man sich täuschen, was?“

Chris pfiff lautlos durch die Vorderzähne. „Ausgerechnet! Ich hätte dir helfen können. In Mathe bin ich ganz gut. Wenn du mich nicht verrätst, ich möchte Mathematik studieren! Wieso hast du nie was gesagt?“

Lena glaubte einen Vorwurf herauszuhören. „Dr. Spange wollte mir jemand für die Nachhilfe besorgen, aber dann kam sein Unfall dazwischen. Dem Herringer ist es Wurscht, wie mein Zwischenzeugnis ausschaut! Der haut mich eiskalt in die Pfanne.“

„Mensch!“ Chris schüttelte betroffen den Kopf. „Schon mal was von Eigeninitiative gehört? Willst du damit sagen, du hast in den vergangenen Wochen den Kopf in den Sand gesteckt und auf den lieben Gott gehofft?"

„Und wenn's so wäre?" Sie wich seinem Blick aus.

„Du bist ehrlich das allerdümmste Ei unter der Sonne!" Chris regte sich richtig auf. Seine Augen hinter den Brillengläsern blitzten und zeigten endlich eindeutige Gefühle. Gereiztheit in erster Linie, vielleicht noch etwas Ungeduld. „Willst du dein ‚Die Genehmigung zum Vorrücken in die nächste Klasse ist sehr gefährdet' wie ein beglaubigtes Urteil bei euch auf den Tisch des Hauses legen? Unter dem Motto: So, liebe Eltern, das habt ihr nun davon! Ihr hättet euch eben nicht scheiden lassen dürfen. Ätsch!"

Lena wurde rot. „Ich kann gut darauf verzichten, daß du mich anpfeifst", wehrte sie sich. „Ich bin schon ohne deine tätige Mithilfe total down!"

Bisher hatte Lena Chris für einen ruhigen, beherrschten Typ gehalten. Täuschung auf der ganzen Linie. Seine zornigen Worte bewiesen es. „Du schwimmst geradezu im Selbstmitleid. Ständig bejammerst du das Unrecht, das dir die anderen antun. Bist du schon mal auf die Idee gekommen, den Schwachsinn aufzulisten, den du selbst fabrizierst?"

Lena fror. Von wegen Mitleid. Wie kam Chris Scheibler eigentlich dazu, ihr mitten in der Pausenhalle eine Standpauke zu halten?

„Du spinnst ja! Laß mich in Ruhe!" wehrte sie sich heiser. Das fehlte noch, daß sie vor ihm losheulte.

„Keine Angst, das tu' ich! Mit Vergnügen sogar! Aber vorher muß ich dir noch sagen, daß mir dein Egoismus echt auf den Geist geht. Ich hab' gedacht, daß du irgendwann wieder zu dir kommst. Ein Irrtum. Du bist ein unheilbarer Fall, Lena Dominick!“

Aus den Augenwinkeln sah Lena, daß Pepsi und ein paar andere ganz in der Nähe standen. Sie konnten jedes Wort hören, und ihre Mienen ließen keinen Zweifel daran, wie sehr sie sich dafür interessierten. Am liebsten hätte sie ihnen die Zunge herausgestreckt. Ihnen und Chris Scheibler.

„Hau ab!“ brachte sie mit letzter Mühe heraus. Der Kampf gegen die Tränen verkrampfte ihre Kiefermuskeln.

„Mit Vergnügen!“ Chris behielt das letzte Wort. Die Pausenglocke setzte ein schepperndes Ausrufezeichen dahinter.

Jetzt mußte sie sich nicht mehr vergeblich fragen, was Chris Scheibler von ihr wollte. Sie wußte es. Nichts. Wenn es noch eine Steigerung gab, weniger als nichts.

# 12

„So, damit hätten wir wohl die Weichen gestellt!" Ungerührt legte Pepsi Maiberger das DIN-A4-Blatt mit der Aufschrift „Zwischenzeugnis" vor sich auf den Tisch. Die tiefroten Fingernägel ihrer rechten Hand bewegten sich in einem gedämpften Trommelwirbel auf und ab. Trauermarsch oder Siegeshymne?

Da Dominick vor Maiberger kam, hatte Lena ihren Giftzettel bereits erhalten. Dankbar für jede noch so kleine Ablenkung schielte sie auf den ihrer Banknachbarin. „Die Genehmigung zum Vorrücken in die nächste Klasse ist sehr gefährdet", stand auf dem Computerausdruck. Englisch ungenügend, Latein und Mathe mangelhaft. Also Trauermarsch für Pepsi. Und vereinigte Hinrichtung, denn auch Lenas beide Fünfer in Mathematik und Englisch hatte keine göttliche Fügung in wunderbare Ausreichend verwandelt.

„Schöne Pleite", flüsterte Lena, während die Zeugnisverteilung weiterging. Das gemeinsame Unglück führte sogar dazu, daß sie wieder miteinander redeten.

„Wieso Pleite?" entgegnete Pepsi halblaut und ausgesprochen vergnügt. „In einem halben Jahr habe ich's geschafft! Ciao, Penne! Nieder mit den Paukern! Es lebe das Leben! Zweimal durchgesaust bedeutet den endgültigen Schlußstrich unter meine Schulkarriere. Ich bin frei! Daran kann nicht einmal mehr mein bildungsbeflissener Erzeuger etwas ändern! Hast du eine Ahnung, wie ich auf diesen Moment warte?"

Lena beneidete sie um ihre Kaltblütigkeit. Sie hätte ihr

Zeugnis am liebsten umgedreht. Was brachte es schon, auf die Noten zu starren, bis sie einem vor den Augen verschwammen? Bis zuletzt hatte sie auf ein Wunder gehofft. Vergeblich! Das hier waren Tatsachen. Nackte Wirklichkeit, die sie ihrer Mutter irgendwie begreiflich machen mußte. Sie hatte versagt. Es war vielleicht doch keine so hervorragende Idee gewesen, den letzten mahnenden Hinweis an die väterliche Adresse umzuleiten ...

Pepsi schnipste gegen das vernichtende Blatt. „Und du, was willst du anstellen? Noch mehr pauken? Ordentliche Tochter ehrgeiziger Eltern bis zum letzten?“

Lena stöhnte. „Meine Güte, woher soll ich das wissen? Ich weiß nur, daß meine Mutter endgültig durchdreht, wenn sie diesen Giftzettel liest. Sie glaubt immer noch, daß ich die Kurve gekriegt habe. Vermutlich steckt sie mich in Einzelhaft.“

„Nach dem freundlichen Fingerzeig, den ihr der Herringer neulich geschickt hat, kann sie doch nicht mehr an Wunder glauben!“

„Den hat sie nie zu sehen gekriegt. Dafür habe ich rechtzeitig gesorgt.“

„Donnerwetter!“ Pepsi schien beeindruckt. „Soviel Mumm hätte ich dir gar nicht zugetraut. Aber was machst du jetzt?“

„Keine Ahnung. Ich bin total alle. Am liebsten würde ich abhauen. Nicht mehr nach Hause gehen ...“

Lena sagte das nur so dahin, aber Pepsi hakte gleich nach. Sie knuffte Lena auffordernd in die Rippen.

„Tu’s doch!“

„Quatsch!“ Lena stützte das Kinn auf den Handballen. „Was soll das bringen?“

Pepsi rückte vertraulich näher. „Schon mal was von taktischer Kriegsführung gehört? Abhauen ist optimal! Glaub einer erfahrenen Frau! Verschwinde, bis sich die erste Aufregung gelegt hat. Danach sind alle heilfroh, wenn sie ihr Mädchen gesund in die Arme schließen können, und keiner wird die Frechheit haben, dir auch noch irgendwelche Vorwürfe zu machen. Liest du keine Zeitungen? Überall wimmelt es von Beratungsstellen und Nottelefonen für zeugnisgeschädigte Kinderlein. Eltern rechnen mit derartigen Kurzschlußhandlungen. Vermutlich ist deine Regierung am Ende höchst beglückt, daß du dich nicht vor lauter Verzweiflung aus irgendeinem Fenster gestürzt hast."

„Es wäre nett, wenn die Herrschaften ihr Mitteilungsbedürfnis bis zum Ende der Stunde zügeln könnten", mischte sich in diesem Moment Studienrat Herringer tadelnd ein.

„Kotzbrocken!" zischte Pepsi, und Lena stimmte ihr ausnahmsweise aus vollem Herzen zu. Sie war sich fast sicher, daß sie unter Dr. Spanges Obhut bessere Chancen gehabt hätte.

Herringer hatte die Stirn, sogar über das bevorstehende verlängerte Faschingswochenende Hausaufgaben zu geben. Lena hörte nicht zu. Pepsis Worte hatten sich mit kleinen Widerhaken in ihrem Kopf festgesetzt. Hartnäkkig und verführerisch. Mit jeder Sekunde schien ihr Vorschlag greifbarer und normaler zu werden.

Nicht nach Hause gehen? Abhauen? Ja! Aber wohin? Lenas einzige Oma war vor vier Jahren gestorben, und der Rest der Verwandtschaft beschränkte sich auf Dads Schwestern. Zwei Tanten in Saarbrücken, die einen Buchladen besaßen und Lena zu jedem Fest mit Lesestoff versorgten. Danach schrieb sie den üblichen Dankbrief und vergaß die beiden wieder. Vermutlich würden sie vor Schreck in Ohnmacht fallen, wenn sie plötzlich vor ihrer Tür stand.

Was blieb sonst noch? Abenteuerbücher, Filme, Zeitungsartikel fielen ihr ein. Spannende Storys mit garantiertem Happy-End. Allerdings hatte sie weder den Mut, mit Lastwagenfahrern in den Süden zu trampen, noch fand sie es verlockend, ohne gut gefüllte Reisekasse nach Amsterdam oder London zu verschwinden.

Auf Parkbänken schlief es sich vermutlich schlecht, und auch unter Brücken zog es Ende Februar höchstwahrscheinlich gewaltig. Außerdem steckte ihr Reisepaß im Dokumentenordner, und der stand im Wohnzimmerschrank. Ende der Phantasiereise. Nein, näher betrachtet, wurde die verlockende Idee zum undurchführbaren Unsinn.

„Du packst das Ganze auch viel zu umständlich an.“ Pepsi wischte nach Schulschluß ihre Einwände souverän zur Seite. „Was du brauchst, ist schlicht und ergreifend eine Bleibe, wo du ein paar Tage abwarten kannst, bis sich der erste Sturm gelegt hat. Also, du kannst von Glück sagen, daß du mich kennst und daß ich dich mag. Ich habe nämlich genau das richtige Nest für dich.“

„Aber ich ...“

„Du brauchst mir nicht zu danken. Ist doch selbstverständlich.“ Pepsi ließ keinen Widerspruch gelten. „Bastians Vater hat am Steinsee eine alte Hütte, in der er sein Fischerzeug aufbewahrt. Manchmal übernachtet er draußen, wenn er seine komischen Hechte jagt. Nichts

Tolles, die Bude, ziemlich baufällig, aber für deinen Zweck genügt es. Ich bin sicher, daß uns Bastian den Schlüssel besorgen kann. Außerdem hat er ein Auto und kann dich rausfahren!"

Ausgerechnet Bastian Siebold! Lena versuchte einen Rückzieher zu machen. Das ging ihr alles zu schnell. „Hör mal, ich möchte nicht, daß Bastian ..."

„Ja, schon gut." Pepsi begeisterte sich für ihre eigene Idee. Sie ließ Lena nicht ausreden. „Du kannst dich voll auf ihn verlassen. Klar, daß er keiner Menschenseele was sagt. Komm mit, er wartet auf dem Parkplatz, wir können ihn gleich fragen. Je schneller du verschwindest, um so besser ist es."

Sie packte Lenas Arm und zerrte sie mit sich. Lena leistete keinen Widerstand. Halb, weil sie von Pepsis Tempo überrumpelt wurde, und halb, weil alles besser war, als heimzugehen. Vor die Wahl zwischen ihrer Mutter und Bastian Siebold gestellt, war in diesem gräßlichen Moment sogar Pepsis Freund das kleinere Übel.

Beide Mädchen liefen auf dem Pausenhof an einer Gruppe älterer Schüler vorbei, die ihnen keine Aufmerksamkeit schenkte. Nur einer drehte den Kopf. Christian Scheibler. Lena bemerkte ihn nicht.

Bastian hatte die Stereoanlage in seinem R4 auf volle Lautstärke gedreht. Der blöde Spruch, mit dem er Lena begrüßte, ging glücklicherweise in dröhnendem Reggae unter. Seit der Sache in der Disco hatten sie keine drei Worte miteinander gewechselt. Lena nahm an, daß sie für ihn gestorben war. Aber immerhin ließ er zu, daß Pepsi die Musik abdrehte.

„Du mußt uns helfen, Bastian! Lena traut sich mit ihrem

Zeugnis nicht nach Hause. Vorrücken gefährdet. Sie fürchtet, daß ihre Mutter den Aufstand probt, und will sich erst einmal für ein paar Tage absetzen. Ich hab' ihr gesagt, daß sie bei euch am Steinsee pennen kann. Ist dir das recht? Dein Vater ist doch sowieso nicht da."

„Klaro!" Bastian richtete sich auf und grinste. Seine anfängliche Verblüffung wich deutlichem Vergnügen. „Ist ja Spitze, daß mein Alter gerade in Kur ist und die Fische in Frieden läßt! Hab' ich doch gewußt, daß wir zwei noch mal zusammenkommen werden. Steigt ein, ihr beiden Hübschen."

Lena zögerte. Bastians Lächeln setzte so eine Art innere Alarmanlage bei ihr in Gang. Vorsicht, Gefahr! Und außerdem, warum spielte Pepsi so unverhofft wieder die gute Freundin? Sah sie ein, daß sie ihr unrecht getan hatte?

„Beeil dich", mahnte Pepsi ein wenig hektisch und schubste sie. „Oder hast du es dir anders überlegt? Mir ist es egal. Lauf nur los, und laß dir von deiner Regierung sagen, daß sie ach so enttäuscht ist über die Verantwortungslosigkeit ihrer undankbaren Tochter. Muttertränen und Vaterpredigten. Ich weiß, wovon ich rede, ich habe die Vorstellung schon öfter hinter mich gebracht. Erhebend, das darfst du mir glauben."

Lena glaubte es ihr. Alles, nur nicht das. Solchen Szenen fühlte sie sich nicht gewachsen. Sie wollte niemandem Rechenschaft abgeben müssen und schon gar keine Vorwürfe anhören. Wenn ihr Pepsi eine Möglichkeit verschaffte, dem zu entgehen, dann würde sie dafür sogar Bastian Siebold in Kauf nehmen, mochte er noch so bescheuert grinsen.

Lena kroch auf den Rücksitz des wild bemalten R4, während sich Pepsi neben Bastian setzte. Es war ihr ganz recht, daß die beiden ihre eigenen Noten durchhechelten. Scheinbar hatte Bastian unter größter Mühe ein etwas positiveres Gesamtergebnis als im vergangenen Jahr geschafft. Lena war es egal. Sie fühlte sich, als wäre sie bei einem Erdbeben unter die Trümmer des einstürzenden Dante-Gymnasiums geraten.

Bastians und Pepsis Stimmen klangen ganz fern, von dicken Wattepolstern gedämpft. Ihr eigenes Fiasko nahm Lena so sehr in Anspruch, daß nichts anderes daneben Platz hatte. Versetzung gefährdet. Das war ihr noch nie passiert. Damit mußte man erst einmal leben lernen! Sie preßte die Handflächen aneinander und spürte die Berührung kaum, so eiskalt waren sie. Abgestorben, wie alles andere in ihr, bis auf die beschämende Erkenntnis, daß sie versagt hatte.

Obwohl sie ständig aus dem Seitenfenster starrte, sah sie weder die Autobahnauffahrt noch die Landstraße, auf die Bastian nach wenigen Kilometern abbog. Vor ihren Augen stand ein schlichter Computerausdruck. Zwischenzeugnis, Drucknummer 4125.

„Das Vorrücken der Schülerin des mathematisch-naturwissenschaftlichen Dante-Gymnasiums, Lena Dominick, ist sehr gefährdet!" Der Satz fuhr mit, wiederholte sich wie eine lästige Melodie. Hämmerte hinter ihren Schläfen. Wieder und wieder.

Sie hätte nicht sagen können, wieviel Zeit vergangen war, bis Bastian sein Auto auf einen holprigen Feldweg lenkte, der direkt durch die kahlen Bäume eines Mischwaldes führte. Rechterhand blinkte das Ufer eines kleinen

Sees. Dicke Regenwolken spiegelten sich in ihm, und unter manchen Bäumen lagen schmutziggraue Schneereste. Lena schaute sich um. Jede Menge Natur, und weit und breit kein Anzeichen für andere Menschen.

„Die Côte d'Azur ist eleganter, aber auf die schnelle konnte ich kein Meer für deinen Ferientrip organisieren", frotzelte Bastian. Wollte er sie aufmuntern?

Lena versuchte, wenigstens der Form halber zu lächeln, aber ihre Mundwinkel streikten. Sie blieben gelähmt, unbeholfen wie ihr ganzer Körper. Sie konnte kaum die Füße voreinandersetzen, um auszusteigen, nachdem Bastian oberhalb eines kleinen Holzhauses den Wagen abgebremst hatte.

Das Gebäude stand auf dicken Pfosten im abgestorbenen Schilf und war mit einer breiten Holzgalerie versehen, die an der Nordseite bis zum festen Boden reichte. Eher ein Bootsschuppen, zweckmäßig und schmucklos, höchstens fünf Meter im Quadrat. Bastian reckte seine 183 Zentimeter ein wenig höher und fischte einen Schlüssel aus seinem Versteck im Knick der Dachrinne über dem Eingang.

Ein nagelneues Vorhängeschloß sicherte die grüngestrichene Holztür. In der Hütte war es stockdunkel. Es roch nach altem Fisch und Moder, nach verbrauchter Luft, kaltem Zigarrenrauch und abgestandenem Bier.

„Püüüh, da gehört aber ordentlich gelüftet." Sogar Pepsi rümpfte die Nase und riß die Fensterläden auf.

Lena sah sich um. Eine Eckbank mit einem kleinen, viereckigen Tisch, ein Gaskocher, ein Bauernschrank und ein breites Sofa. Daneben lag auf einem Holzgestell eine ganze Sammlung von Angelzubehör. Auf der Rückseite der Tür befanden sich Haken. Gummijacken, Hüte, Regenhäute und dicke Pullis hingen in buntem Durcheinander darüber.

Inzwischen hatte Bastian den Bauernschrank geöffnet und kontrollierte den Inhalt. „Wer sagt's denn, mein Alter ist kein Kostverächter, man kann sich jederzeit auf ihn verlassen. Alles da. Dosenbier, Wurstkonserven, Ravioli, Gänseleberpastete, Zigarren, Zigaretten und Schnaps. Fürs erste kannst du weder verhungern noch verdursten. Ist das ein Service?"

Essen und Trinken waren Lena absolut egal. Sie ließ sich auf die Eckbank sinken und wünschte sich nur eines; daß die beiden schnellstens verschwanden. Sie übersah die eigenartigen Blicke, die Bastian Pepsi zuwarf, die gerade etwas sagen wollte. Pepsi schloß den Mund wieder. Auch das häßliche Lächeln, mit dem die Freundin Bastian Siebold anschließend musterte, entging ihr, weil sie die Hände vors Gesicht geschlagen hatte.

„Okay, Süße! Laß es dir gutgehen", verabschiedete er sich. „Im Bettkasten unter dem Sofa sind Kissen und Decken, damit du es warm hast. Und paß auf, daß dich hier keiner sieht. Wäre ja echt schrecklich, wenn jemand unsere Kleine überfallen würde. Wir klappen die Läden von außen zu, damit die Bude unbewohnt wirkt. Und keine Angst, wir kommen wieder und bringen dir Proviant und Spiele, okay?"

„Was heißt hier Angst." Pepsi kicherte überdreht. „Ich wette, daß unserer kleinen Lena dieser Ausflug Spaß machen wird. Es wird höchste Zeit, daß sie lernt, daß man sich nicht alles gefallen lassen darf."

Lena hatte eine andere Auffassung von Spaß, aber sie

nahm die Hände vom Gesicht und nickte automatisch. Die Ratschläge gingen bei einem ihrer Ohren hinein und beim anderen wieder hinaus. Durchzug.

„Danke“, murmelte sie. „Ich komme schon zurecht.“

„Okay, bis bald!“ Pepsi und Bastian schlossen die Tür. Daß sie die Läden wieder vorlegten, registrierte Lena nur am Rande. Sie lauschte den Tritten, die auf dem Holzboden dumpf dröhnten, ehe sie sich Richtung Weg entfernten. Die Stimmen und das Gelächter wanderten dabei mit. Die hatten gut lachen, die beiden! Der Motor von Bastians Wagen heulte auf, weil er zuviel Gas gab, wurde leiser und verlor sich in der Ferne. Lena entspannte sich. Endlich allein!

Die Dunkelheit bot sanften Schutz. Eine Decke, in die sie sich liebebedürftig hineinkuschelte. Sie zog die Beine an und legte die Arme um die Knie. Sie machte sich klein. Ein Bündel Lena. Hatte sie sich so als Baby gefühlt, im Bauch ihrer Mutter? Ganz sicher. Geschützt vor allem Bösen. Geborgen.

Sie spürte die Struktur ihrer Jeans unter den Händen, die Wärme der eigenen Haut durch den Stoff. Unwillkürlich richtete sie sich halb auf und streichelte über die Oberarme. Durch den Sweatshirtstoff spürte sie den Widerstand von zwei Talgpickelchen, die sie gestern aufgekratzt hatte, aber es tat trotzdem sehr gut.

Es machte ihr bewußt, daß sie existierte. Daß sie einen Körper besaß, neben diesem armen Kopf, der sein blödes Soll in Mathematik und englischer Grammatik nicht erfüllt hatte. Einfach nicht hatte erfüllen können! „Nein, nein, nein! Hör auf“, beschwor sie sich. „Denk an etwas anderes. An schöne Dinge, weder an Schule, an Zeugnis noch an Eltern. Setz das Unangenehme auf die Verbotsliste, vergiß es."

Doch kaum waren die schrecklichen Worte in ihren Gedanken aufgetaucht, machten sie sich auch schon ungebeten breit. Sie verdrängten das kurze Gefühl des Wohlbefindens. Aus heiterem Himmel wurde die Dunkelheit bedrohlich, die Luft stickig und die Stille voller unheimlicher Geräusche.

Es knisterte, raschelte, knackste, gluckste und wisperte in allen Ecken. Kein Autolärm, keine menschlichen Stimmen, kein Türenklappen, kein Liftsummen. Laute, die in der neuen Wohnung ihrer Mutter zur Gewohnheit geworden waren. Jetzt vermißte sie diese alltägliche Kulisse. Was hätte sie darum gegeben, an einem ganz normalen Nachmittag über den Hausaufgaben zu sitzen! Sogar Mathematik pauken schien ihr erfreulicher.

Ernüchtert rieb sie sich weiter die Oberarme. Jetzt spürte sie nur Gänsehaut. Lena begann zu frieren. Lieber Himmel, worauf hatte sie sich eigentlich eingelassen? Sie mußte im ersten Schock den Verstand verloren haben.

Davonlaufen! Welch eine außergewöhnlich bescheuerte Idee! Mit einem Satz kam Lena auf die Füße. Leider stieß sie dabei mit der Hüfte heftig gegen die Tischkante und tat sich scheußlich weh.

Leise fluchend rieb sie sich die Seite und versuchte logisch zu denken. Wann erwartete sie ihre Mutter? Sie war neugierig auf das Zeugnis, soviel stand fest. So erwartungsvoll, daß sie ausnahmsweise trotz der knappen Mittagspause nach Hause kam? Wie spät es wohl war? Sie versuchte auf das Zifferblatt ihrer Armbanduhr zu sehen, aber sie konnte nichts erkennen.

Gab es hier kein Licht? Sicher keine Elektrizität, aber doch irgendwo eine Taschenlampe, Streichhölzer oder wenigstens eine Kerze. Lena tastete mit suchenden Händen über die Tischplatte. Sie spürte Unebenheiten, eine Mitteldecke mit grober Spitze, aber keine Spur von einer Lampe. Verdammt, wo war das Fenster?

Sie stolperte zur Wand und bekam endlich den Riegel zu fassen. Das geteilte Fenster schwang nach innen auf, aber es blieb dunkel. Die Läden! Lena stemmte sich gegen das Holz. Vergeblich. Sie tastete nach den Ritzen zwischen den Brettern, sie fand nur eine doppelte Holzkante. Einer ihrer Fingernägel blieb hängen und riß ein. Dem Gefühl nach bis zum Nagelbett. Lena steckte den verletzten Finger in den Mund und schmeckte Blut. Igitt! Es trug wenig dazu bei, ihre Laune zu bessern.

Verflixt, auch wenn ihre geistigen Fähigkeiten vielleicht nicht für den erfolgreichen Abschluß der neunten Klasse Gymnasium reichen würden, um jetzt nicht in Panik zu verfallen, dafür langte es allemal. Sie mußte ja nur die Tür öffnen. Einen Spalt wenigstens, damit sie sich in diesem möblierten Fischfaß wenigstens orientieren konnte.

Soviel Karl May und Kriminalromane hatte auch sie gelesen, um zu wissen, daß sie lediglich immer an den Wänden entlangtasten mußte, um irgendwann den Ausgang zu erreichen. Zuerst kam sie zum Schrank, und die halb offenstehende Tür machte unsanft Bekanntschaft mit ihrer Stirn. Der nächste blaue Fleck!

Lena murmelte eines der beliebten Wörter, die stets einen anklagenden Blick ihrer Mutter zur Folge hatten. Das gab vermutlich eine saubere Beule! Und auch noch mitten auf der Stirn! Wie würde das aussehen? Ein nervöses Lachen stieg in ihr hoch. Sich in einer so beschissenen Lage um die eigene Schönheit zu kümmern zeugte von ihrer ungebrochenen Fähigkeit zum Galgenhumor.

Irgendwann landete sie jedoch glücklicherweise am Türrahmen. Sie spürte die Gummierung der Angeljacken zwischen ihren Fingern. Einer der Hüte fiel im Dunkeln auf sie herab. Sie unterdrückte einen erschreckten Schrei, während er davonkollerte. Immerhin fand sie die Klinke. Erleichtert schloß sie ihre Rechte um den Riegel. Er war offen, so daß sie einfach gegen die Tür drücken mußte.

Sie tat es, aber ohne Erfolg. Das Holz blieb an Ort und Stelle. Es gab keinen Millimeter nach. Die Tür blieb verschlossen.

„Na, vermutlich klemmt das Biest!" murmelte Lena hoffnungsvoll und stemmte sich mit aller Kraft dagegen. Genauso vergeblich. Die Tür blieb zu. Die Angst, die sie vorhin gerade noch verdrängt hatte, bekam neue Nahrung. Sie machte sich heiß und glühend breit, schwappte wie das Wasser über sie, das draußen um die Pfosten der Hütte gluckerte.

Es gab nur eine einzige mögliche Erklärung. Die Tür klemmte nicht! Pepsi und Bastian hatten sie absichtlich eingesperrt!

# 13

Unter ihrer Nase stank es penetrant nach altem Fisch, und die Stirn klebte irgendwo im Dunkeln fest. Lena mobilisierte die kläglichen Reste ihrer Selbstbeherrschung und hob den Kopf. Sie hatte ihn verzweifelt einfach nach vorn sinken lassen. Gegen die gummierte Angelkluft von Herrn Siebold, der sein erhebliches Übergewicht gerade mit einer Schrothkur bekämpfte und mit Sicherheit keine Ahnung davon hatte, was in seinem Wochenendquartier geschah.

„Lena Dominick, du bist so dämlich, daß es weh tut!" beschimpfte sie sich selbst. „Sich auf Bastian Siebold zu verlassen heißt, den Bock zum Gärtner zu machen."

Genaugenommen hatte sie sich ja nicht auf ihn, sondern auf Pepsi Maiberger verlassen. Auf eine Freundin! Blieb einzig zu klären, welche Sorte Freundschaft es war, die Pepsi und sie verband. Eine, die einen so miesen Streich wie diesen von vornherein ausschloß? Die auf gegenseitigem Vertrauen beruhte und auf dem stillschweigenden Abkommen, füreinander dazusein, wenn es Probleme gab?

Ohne großes Nachdenken konnte sie alle Fragen mit einem glatten „Nein!" beantworten. Sie zwang sich mit zusammengebissenen Zähnen, ihre Orientierungsrunde im Dunkeln fortzusetzen. An das Regal mit den vielen Angeln neben dem Eingang erinnerte sie sich. Ah, das war ja die Couch. Lena sank auf die Polster, rückte gegen die Lehne und schloß die Augen. Sie mußte Ruhe bewahren! Sie atmete flach und angestrengt.

Das Dröhnen ihres Herzens übertönte alle anderen Geräusche der Hütte. Pulsschlagtakt. Der aggressive Rhythmus eines Heavy-Metal-Songs auf den Text von „Selber schuld! Selber schuld!“ Diese Suppe hatte sie sich ganz alleine eingebrockt. Aus Dummheit, Gedankenlosigkeit, Angst und kindischer Rachsucht.

„Herzlichen Glückwunsch, Lena Dominick! Das hast du wirklich prima hingekriegt“, murmelte sie bitter. „Eine selten reife Leistung!“

Plötzlich wurde ihr siedend heiß. Sie dachte an jene Gerüchte von Bastian Siebolds wilden Partys. Von irgendeinem einsamen Wochenendhaus, wo keiner die wilde Clique störte, wenn sie ihre exzessiven Feten steigen ließen.

„Wetten, daß du im Zentrum des Geschehens bist? Nach dem Faschingswochenende können sich die Klatschbasen über deine Dummheit den Mund zerreißen“, setzte sie ihr Selbstgespräch fort. „Fun! Ich glaub’, du hast sie nicht alle! Fun Marke Bastian Siebold hast du doch nach dem Abend im Crash kennengelernt. Alkohol und Sex vermutlich. Möglicherweise auch ein kleines bißchen Stoff, ein Joint oder ein paar Pillen, wenn du dich zierst.“

Lena dröhnte der glühende Kopf. Sie ahnte, daß sie in einer schrecklichen Patsche steckte. Es war Freitag. Das Faschingswochenende stand vor der Tür. Die ideale Gelegenheit für Bastian und seinen Fanclub, eine heiße Party zu feiern. Eine Fete, die mit Sicherheit in diesem Raum steigen würde.

Bastian hatte schon einmal eine Wette verloren, bei der es um sie gegangen war. Lena hatte diese Sache nicht ernst genug genommen. Sie servierte ihm nun die Gelegenheit zur Rache auf dem Silbertablett.

Und Pepsi? Lieber Himmel, seit Chris ihr manchmal ein Häppchen Aufmerksamkeit schenkte, sah sie doch rot. Aus unbekannten Gründen ging es ihr total gegen den Strich, daß Chris die Existenz von Lena Dominick entdeckt hatte. Wäre sie die Freundin von Chris gewesen, sie hätte nicht eifersüchtiger sein können. Aber soviel sie wußte, hatten die beiden nie etwas miteinander gehabt. Warum also flippte Pepsi jedesmal so aus?

Mit Sicherheit wußte Lena nur, daß sie selbst die aussichtsreichste Kandidatin um den Preis des einfältigsten Schafes am ganzen Dante-Gymnasium war. Wie kann man sich von einer so offensichtlich falschen Freundin zu einem Unternehmen beschwatzen lassen, das jeder halbwegs gescheite Mensch für bescheuert halten mußte?

„Ich muß echt Kaugummi im Hirn haben!" murmelte sie. „Kein Wunder, daß Chris die Geduld mit mir verloren hat. Ich bin einfach zu dämlich für ihn!"

Die Erkenntnis schmerzte. Lena setzte sich mit einem Ruck höher. Sie riß die Augen auf und schaute mit zwei tiefen Falten auf der Stirn geradeaus. In der Hütte selbst sah sie genausowenig wie vorher. Das Licht war anderswo aufgeflammt. Ganz tief in ihr drin.

Wie ein Scheinwerfer erhellte es plötzlich Dinge, die sie bisher nicht hatte sehen können und wollen. Die Lena, die sie dabei entdeckte, war kein Schmuckstück. Eher ein Ekel, dem man besser aus dem Weg ging. Bedauerlicherweise hatte sie im Moment keine Möglichkeit zum Weglaufen.

Lena zwang sich dazu, eine ehrliche Bilanz zu ziehen.

Gewinn und Verlust. Minus und Plus, Hochs und Tiefs eines vermurksten halben Schuljahres, einer aufgelösten Familie, freiwilliger Einsamkeit.

Die negativen Punkte waren kein Problem: Geburtstagsparty, Haus, großes Zimmer, Familie, Mutteraufmerksamkeit, Vaterzeit, Freunde, Noten. Die Einsamkeit? Nein, das war kein echter Verlust, eher eine Folge der Verbote, Einschränkungen und Kräche. Die unerfreulichen Begleiterscheinungen eines andauernden Tiefs.

Wenn sie ehrlich war, hatte sie doch auch ihre ehemaligen Freundinnen absichtlich vergrault. Nach dem Krach mit Pepsi wäre es eine Kleinigkeit gewesen, sich mit ihnen zu versöhnen. Andi hätte sicher auf den kleinsten Wink reagiert. Aber sie mochte ihn nicht geben, diesen Wink.

Lena Dominick hatte sich in ihrer Rolle als von allen verlassenes Töchterchen gefallen. Sie hatte im Selbstmitleid gebadet. Schaut her, wie schlecht es mir geht. Hoffentlich plagt euch bald das Gewissen, und ihr leidet wie ich. Lena schüttelte sich. Im nachhinein fand sie ihre Show selbst peinlich.

Es wurde Zeit, nach den Gewinnen zu fragen. Gab es sie, oder gähnte unter dieser Spalte nur ein großes Loch? „Komm, Lena, sei ehrlich. Kneifen gilt nicht mehr!“ ermahnte sie sich streng.

Die Liste kam viel zögerlicher zustande. Okay, der Wegfall der ewiglangen Busfahrerei zur Schule und wieder nach Hause war positiv. Auch, daß sie mittags ihre Ruhe hatte und niemand mit Fragen nach der Schule nervte, gehörte dazu. Im Grunde vermißte sie auch die frisch zubereiteten, ach so gesunden Gemüsemahlzeiten nicht, die Mamis Job zum Opfer fielen. Sie hatte Spaß daran, selbst zu entscheiden, ob sie die Mikrowelle anwerfen wollte oder lieber nur einen Joghurt und einen Apfel aß.

Danach geriet Lena ins Stocken. Die Nachmittage. Sie waren lang, öde und oft traurig. Die Hausaufgaben schmierte sie noch lustloser hin – wenn sie überhaupt etwas zusammenbrachte. Alle anderen Aktivitäten hatte sie aufgegeben. Das Basketballtraining, die Jazzgymnastik, den Töpferkurs, die Einkaufsbummel mit Andi und Bille. Warum eigentlich?

„Vermutlich, damit du den richtig depressiven, unzufriedenen Zug um den Mund bekommst, der Mami schön erschrickt, wenn sie dich sieht!" kommentierte sie ihre Überlegungen mit brutaler Offenheit. „Und Dad sollte dich als vernachlässigte Scheidungswaise kennenlernen." Dabei mußte sie eingestehen, daß sie mehr von ihrem Vater hatte als früher. Sogar von seiner Amerikareise schrieb er Briefe, und die Telefongespräche jeden Samstag ersetzten in dieser Zeit den Mittagsbesuch beim Italiener. Auch jetzt war er kein Immer-da-Papi, aber doch ein Freund, obwohl sie die Freundschaftsangebote bisher hartnäckig abgeblockt hatte. Ein Pluspunkt auf der Habenseite ihrer Abrechnung.

Hinzu kam, daß ihre bis letztes Jahr überbesorgte Mutter unter der Doppelbelastung von Beruf und Haushalt die Kontrolle ihrer einzelnen Schritte drastisch gelockert hatte. Sie mußte ihrer Tochter gezwungenermaßen mehr Freiheit und mehr Vertrauen schenken. Obwohl Lena ziemlich genau wußte, daß sie beides bisher schamlos ausgenutzt hatte. Das sollte sich ändern! Sie schwor es ihrer Mutter über die Entfernung mit dem kindlichen Ehrenwort früherer Tage.

Erstaunt stellte sie fest, daß ihre Phantasiebilanz gar nicht so unausgeglichen war. Die unerwartete Scheidung von Mami und Dad stellte zwar alles auf den Kopf, aber sie bewirkte gleichzeitig etwas sehr Eigenartiges: Die Familie hatte sich zwar räumlich getrennt, aber sie redeten plötzlich viel mehr als früher miteinander.

Zwar war sie bei den meisten Gesprächen ihrer Eltern bisher nur eine trotzige Zuhörerin gewesen, aber sie merkte verwundert, daß diese Unterhaltungen nichtsdestoweniger etwas in ihr verändert hatten. Statt der Einheit „Eltern“ sah sie zwei einzelne Personen. Zwei Menschen mit Eigenschaften, von denen sie keine Ahnung gehabt hatte. Mit dem Recht auf Irrtümer, das sie ihnen eigentlich nicht zugestehen wollte. Fehler brachten alles durcheinander, verbreiteten Unsicherheit und machten Kummer.

„Man ist nicht automatisch klug, nur weil man über achtzehn ist. Man muß jedes bißchen Reife und jede noch so kleine Erfahrung mit Fehlern bezahlen. Aber erst, wenn man aus diesen Dummheiten lernt, kann man behaupten, langsam erwachsen zu werden. Manche Menschen schaffen den Sprung nie!“

Lena hörte die Stimme ihres Vaters. Eines Tages, beim 999. Versuch an ihre Vernunft und ihr Verständnis zu appellieren, hatte er das gesagt. Begreifen konnte sie es erst heute. Durch eine monumentale eigene Fehlleistung, die an Blödsinnigkeit nicht mehr überboten werden konnte.

Zeugnis hin, und Noten her. Warum hatte sie den Wisch nicht einfach eingepackt, um mit ihrer Mutter darüber zu reden? Zwei Fünfer waren schlimm, aber das Schuljahr war ja noch nicht vorbei. Es mußte möglich sein, wenigstens eine der beiden Noten bis zum Sommer auszubügeln. Die Lücken waren schließlich durch Verweigerung entstanden und nicht durch die Unfähigkeit zu begreifen.

Wenn sie künftig richtig paukte, mußte das auch ein sturer Typ wie der Herringer honorieren. Vielleicht halfen auch ein paar Nachhilfestunden. Warum fielen ihr all die tollen Möglichkeiten jetzt erst ein? Warum mußte sie weglaufen? Einfach abhauen? Kneifen?

Lena knabberte den eingerissenen Daumennagel an. Es beruhigte, und er war sowieso schon ruiniert. Einsicht war bekanntlich der erste Weg zur Besserung. Was aber tun, wenn wie in ihrem Fall dieser Weg versperrt war? Durch eine unangenehm stabile Holztür mit Vorhängeschloß, durch schwere Fensterläden mit von außen eingehängten Balken?

Sie schluckte. Sie hatte gräßliche Angst. In ihrer Phantasie malte sie sich Bastians Party aus. Grölende Jungen, kichernde Mädchen. Würde man sie zwingen, harte Sachen zu trinken? Genügend Flaschen Schnaps standen im Schrank. Wieviel Alkohol vertrug man mit fünfzehn Jahren? Wie lange dauerte es, bis man so betrunken war, daß man alles mit sich geschehen ließ?

Bestand wenigstens eine winzige Möglichkeit, daß ihre Mutter rechtzeitig Verdacht schöpfte? Wann würde sie damit beginnen, alle Freundinnen, von denen sie wußte, der Reihe nach anzurufen? Pepsi stand im Telefonverzeichnis, aber die würde sicher lügen, was das Zeug hielt, falls sie überhaupt zu Hause war. Außerdem hatte Mami keine Ahnung von Bastian Siebold. Sogar, wenn sie aus lauter Verzweiflung die Polizei einschaltete, von Bastian zu ihr führte kein Weg.

Lena spürte den kalten Schweiß, der sich zwischen den Schulterblättern sammelte. O nein, sie würde jetzt nicht heulen. Sie mußte nachdenken, eine Lösung finden, einen Ausweg, eine Fluchtmöglichkeit.

„Ich will hier raus!“ sagte sie verbissen. „Ich muß hier raus!“ wiederholte sie. „Egal wie, und wenn ich die Bude in die Luft jage.“

Der spektakuläre Einfall erinnerte sie an den Gasherd. Normalerweise mußten doch in der Nähe eines Ofens auch Streichhölzer liegen. Hastig tastete sie sich von der Couch aus zum Herd. Sie spürte die Stäbe des Kochers, das kühle Email des beschichteten Metalls, die runden Gasauslässe. Sie verfolgte den Gasschlauch bis zur Flasche, dann erkundete sie die Wand dahinter. Als sie endlich die eckigen Kanten eines Streichholzheftchens auf einem schmalen Regal darüber berührte, schluchzte sie vor Erleichterung auf.

Mit zitternden Fingern brach sie ein Stäbchen aus der Holzreihe ab, suchte im Dunkeln die Reibefläche und sah vor lauter Tränen im ersten Moment das aufflackernde Flämmchen nur verschwommen. Sie blinzelte, drehte sich zum Tisch und glaubte darüber eine Lampe zu erkennen. Doch da hatte die Flamme ihre Fingerspitzen erreicht. Mit einem Aufschrei ließ sie das Streichholz fallen. Es erlosch, ehe es den Boden erreicht hatte.

„Rindvieh!“ schimpfte sie sich energisch. „Willst du die Bude etwa wirklich anzünden?“

Wenig später hatte sie mit Hilfe zweier weiterer Streichhölzer endlich die Petroleumlampe über dem

Tisch in Betrieb gesetzt. Der Erfolg machte Lena Mut. Sie wischte sich die Tränen aus den Augen, ohne zu bemerken, daß sie Rußspuren hinterließ. Sie drehte das Licht voll auf und begutachtete die beiden Fenster und die Tür. Alle drei waren ohne die kleinste Ritze nahtlos dicht. Ohne Beil oder Säge hatte sie keine Chance.

Lena machte sich unverzüglich auf die Suche nach Werkzeug. Außer einem Taschenmesser im Angelkasten fand sie jedoch nichts. Als sie die Klinge zwischen die Fensterläden zu stecken versuchte, um den Querbalken zu lockern, brach sie ab. Sie warf den Messerrest wütend in die nächste Ecke, Tränen der Wut und Verzweiflung schossen ihr in die Augen.

Welche Möglichkeiten blieben? Feuer? Die Hütte war so trocken, daß vermutlich im Nu alles in Flammen stehen würde. Nein, Feuer war Selbstmord. Bei allem Zorn auf sich selbst und auch in dieser ziemlich bescheidenen Lage – leben wollte Lena!

Was also blieb? Ihr Blick wanderte ziellos durch den Raum.

Das Dach! Sie betrachtete die grobe Konstruktion der Dachsparren. Aufgenagelte Bretter, die außen mit einer Haut aus Teerpappe geschützt wurden, wenn sie sich richtig entsann. Konnte sie ein paar von diesen Brettern von innen lösen? Versuchen mußte sie es, und wenn es noch so unwahrscheinlich schien.

Wie sollte sie dort hinaufkommen? Auf der Eckbank stehend, reichte sie mit den Fingerspitzen nur knapp bis an den ersten Querbalken. Doch Lena gab nicht auf. Sie kletterte wieder hinunter und wuchtete den großen Angelkasten auf die Bank. Er war aus Holz, auf der Oberseite mit Kunstleder gepolstert und konnte auch als Sitz dienen. Das brachte mindestens zusätzliche fünfzig Zentimeter.

Sie war gerade dabei, die etwas wackelige Konstruktion zu besteigen, als sie ein Geräusch hörte. Atemlos rutschte sie auf den Boden. Es kam näher. Ein Auto?

Ehe sie es genauer identifizieren konnte, war es wieder weg. Es hatte wie ein Motor geklungen, aber nun herrschte absolute Stille. Ein anderer Fischer, der den Weg passiert hatte, als er zum Angeln fuhr, oder jemand, der inzwischen längst parkte?

Lena lauschte mit angehaltenem Atem. Ihre Handflächen wurden feucht. Sie sah auf die Uhr: halb vier. Kamen Bastian und seine Kumpels bereits? Nein. In dem Fall würde sie sicher Stimmen, Gelächter und blöde Witze hören. Faschingslaune. Die begannen doch sicher bereits im Auto mit ihrer Party.

Alles blieb ruhig. Nur das Wasser gluckerte unter dem Haus. Stetiges Rauschen verriet, daß Wind durch die Fichten strich, die am Ufer standen. Ein gleichmäßiger Ton. Die Begleitmusik für ihr Herzklopfen, ihre Angst und ihre zunehmende Mutlosigkeit.

# 14

Da – Schritte! Lena blieb wie gelähmt in der Mitte ihres Gefängnisses stehen. Die Petroleumlampe flackerte. Das Licht wurde allmählich schwächer. Offensichtlich war nur ein Rest Brennstoff im Zylinder gewesen.

Die Schritte hielten vor der Tür. Jemand rüttelte am Riegel, machte aber keinen Versuch aufzuschließen. Also nicht Bastian, der hatte ja einen Schlüssel. Lena stieß den angehaltenen Atem langsam aus und schlich leise zur Tür. Sie legte das Ohr ans Holz. Was sollte sie tun? Wer war da draußen?

Ein neugieriger Spaziergänger? Ein Förster? Ein Einbrecher? Oder vielleicht doch der alte Siebold? Lenas Verstand arbeitete auf Hochtouren. Sollte sie es riskieren, um Hilfe zu rufen? Und wenn sich Bastian und seine blöden Freunde einen schlechten Scherz mit ihr erlaubten? Wenn sie sich da draußen über ihr Geschrei schieflachen? Sobald die Bande erkannte, daß sie vor Angst halb verrückt war, hatte sie nicht die kleinste Chance gegen sie. Sie mußte kühlen Kopf bewahren.

Falls sie hier wirklich festsaß, mußte sie doch so tun, als sei sie bereit, mit ihnen zu feiern. Nur dann bestand die Aussicht, daß sie in einem unbewachten Augenblick einfach davonlaufen konnte. Zumindest hoffte sie das inbrünstig. Jetzt falsch reagieren bedeutete vielleicht, diese Chance zu verspielen.

Rauh und trocken lag das Holz an Lenas Ohrmuschel. Sie verfolgte, wie der oder die Unbekannte um die Veranda herumging. Nur eine Person. Zumindest lief nur eine

Person über die Bretter, verbesserte sie sich. Jetzt schabte Holz auf Holz, und eine Angel quietschte. Im selben Moment fiel eine breite Bahn hellen Lichtes rechts neben Lena über den Boden. Die Fensterläden öffneten sich!

Lena fuhr auf dem Absatz herum und preßte sich mit dem Rücken gegen die Tür. Sie konnte bloß hoffen, daß man sie in diesem Winkel nicht entdeckte. Sie hatte ihrerseits einen Logenplatz, um den Neugierigen zu identifizieren, der jetzt die Handkanten gegen die Fensterscheiben legte, um einen Blick in das Innere der Hütte werfen zu können.

Sein Gesicht lag ein wenig im Schatten, doch die dunkelblonde Strähne in der Stirn und das Funkeln der randlosen Brillengläser waren unverkennbar. Lenas Knie wurden weich. Chris! Lieber Gott, wie kam Chris hierher? Es war doch unmöglich, daß er zu Bastians Horde gehörte! Niemals!

„Lena! Verflixt, Lena, bist du da drin? Lena, so melde dich doch!“

Die Stimme brachte Leben in ihren Körper. Mit einem Satz stürzte Lena vorwärts. Sie riß das Fenster so heftig auf, daß Chris um ein Haar kopfüber vorwärts in die Hütte gestürzt wäre. Im letzten Moment konnte er sich am Fensterrahmen festhalten.

„Chris!“

„Uff! So stürmisch hast du mich noch nie begrüßt!“ Er grinste, als würden sie sich gerade auf dem Pausenhof begegnen und nicht in Bastian Siebolds Folterkammer.

Lena schnappte nach Luft. Ihre Hände sanken herab, und sie blinzelte gegen die plötzliche Helligkeit. Um ein Haar hätte sie Chris die Arme um den Hals geworfen.

Verlegen machte sie einen Schritt vom Fenster weg. Sie keuchte wie nach dem Vierhundertmeterlauf bei den Bundesjugendspielen. Ein paarmal setzte sie vergeblich zum Sprechen an.

„Schon gut." Chris winkte ab. „Irgendwie hatte ich so eine verschwommene Ahnung, daß du keine Lust hast, den Fasching am Steinsee zu feiern. Wie wäre es, wenn du die Funzel da drin ausmachst und zu mir herauskommst? Das Wetter ist ganz passabel."

Lena nickte stumm. Ihre Finger zitterten so, daß sie drei Versuche benötigte, um den Lampendocht herabzudrehen. Dann griff sie nach Christians Hand, der sie mit energischem Schwung nach draußen zog. Sie taumelte ein bißchen, und er hielt sie sanft fest. In tiefen Zügen atmete sie die klare Luft ein.

„Mensch, ich glaube, ich kann die nächsten zehn Jahre keinen Fisch mehr riechen", sagte sie schließlich.

Christian sah auf sie hinunter. Erst jetzt fühlte Lena, wie nahe sie sich waren. Verlegen machte sie sich von ihm los und wich seinen Augen aus.

„Sag nichts!" bat sie kleinlaut. „Ich habe mir das alles schon selbst an den Kopf geworfen. Ich habe mich benommen wie ein gehirnamputiertes Huhn. Wer es fertigbringt, Pepsi Maiberger und Bastian Siebold zu vertrauen, ist von allen guten Geistern verlassen. Ich hätte es selbstverständlich verdient, daß du mich hängenläßt! So ähnlich war deine Rede geplant – oder?"

„Bravo!" applaudierte Chris trocken. „Deine Selbsterkenntnis macht Fortschritte. Aber warum hast du trotz dieses Wissensstandes jede gutgemeinte Warnung in den Wind geschlagen?"

„Mein ..." Lena unterbrach sich. „Die Tasche. Meine Tasche liegt noch drin auf der Bank!" Obwohl es keine Kunst war, über die niedrige Brüstung zu steigen, zögerte sie, das Häuschen erneut zu betreten.

Chris verstand, was in ihr vorging. Er schob sie zur Seite, und wenige Augenblicke später kam er mit ihrer Schultertasche wieder heraus. Er warf sie ihr zu, legte die Holzläden um und verhakte die Querstange ordentlich. Von außen sah alles normal aus. Eine verlassene Fischerhütte.

Er wischte sich die Handflächen an den Jeans ab und verschränkte die Hände vor der Baseballjacke. „Gehe ich richtig in der Annahme, daß deine vorübergehende, totale geistige Umnachtung mit der Zeugnisausgabe in unserem Bildungsschuppen zusammenhängt?"

Lena zog eine gequälte Grimasse. „Sie sehen das völlig richtig, Herr Kommissar. Mathematik und Englisch leider nur mangelhaft! Vorrücken gefährdet."

„Abhauen ist keine Lösung."

„Das habe ich inzwischen auch gemerkt. Du glaubst gar nicht, wieviel Zeit zum Nachdenken ich heute hatte. Ich könnte mich pausenlos selbst ohrfeigen." Lena war kaum zu bremsen. „Ich hab' ein einziges Chaos angerichtet. Daheim, in der Schule, überall. Ein Rundschlag, der im Grunde genommen immer wieder mich selbst getroffen hat."

„Irrtum. Ich zähle auch zu deinen Opfern."

Lena lächelte verzerrt. „Ich koste dich Nerven, was? Nimmst du meine Entschuldigung an?"

„Später. Ich schlage vor, wir verdünnisieren uns und suchen die nächste Telefonzelle auf. Deine Mutter wartet auf einen Anruf! Außerdem würde ich ungern deinem Gastgeber und seinen Freunden über den Weg laufen. Ich fürchte, daß die Kumpels nicht allzu lange warten, um hier aufzutauchen."

„Meine Mutter? Sag bloß, du hast mit ihr gesprochen?"

„Was meinst du, wieso ich dich hier gesucht habe? Komm ins Auto, dann erzähle ich dir alles ..."

Sie nickte und lief stumm neben Chris zum Weg hinauf. Oben stand ein ausgefallenes schwarzes Cabrio, das auch für Lena, die herzlich wenig von Autos verstand, schwer antik aussah. Aber es war, bis auf ein paar Schlammspritzer, gepflegt und tipptopp in Schuß.

„Der Wagen meines älteren Bruders", antwortete Chris, ohne daß sie fragte. „Sein teuerstes Stück, wie du siehst. Er bastelt in jeder freien Minute daran herum. Ich mußte ihm klarmachen, daß es sich um einen absoluten Notfall handelt, ehe er mit den Schlüsseln herausrückte. Mit meinem Roller wäre ich ja vermutlich erst um Mitternacht hier gelandet."

Lena verkniff sich im letzten Moment die unwichtige Frage, ob es sich bei dem Modell vielleicht um einen Maserati handelte. Sie sank in die butterweichen, abgewetzten Lederpolster und schloß kraftlos die Augen. Chris brachte das Museumsstück tatsächlich zum Laufen. Lena seufzte erleichtert und stellte die Frage, die ihr schon die ganze Zeit auf dem Herzen lag: „Woher hast du gewußt, daß ich hier bin?"

„Weil ich gesehen habe, wie du in Siebolds Auto gestiegen bist", sagte Chris mit einer betont neutralen Stimme. „Deine Mutter war total außer sich, weil du mittags nicht nach Hause gekommen bist. Sie wollte dein Zeugnis begutachten und fand nur eine leere Bude vor. Ich bin ihr zufällig über den Weg gelaufen. Sie hat mich angesprochen und gefragt, ob ich dich gesehen hätte.“

„Zufällig?“ Lena runzelte die Stirn. „Wie läuft man meiner Mutter aus Versehen über den Weg?“

Chris lenkte den Wagen vorsichtig auf die Landstraße. „Scheibler und Co wohnen seit Anno denkste Georgenstraße, dritter Stock, Altbau. Im Erdgeschoß und im ersten Stock haben sich Ärzte und Anwälte breitgemacht. Unter anderem auch die Kanzlei, in der deine Mutter arbeitet. Ich hab' mich schon mal gewundert, warum sie mich immer so prüfend von der Seite anguckt, wenn wir uns begegnen. Daß sie dein Familienvorstand ist, habe ich erst heute erfahren. Dabei hätte ich es mir denken können, du siehst ihr unheimlich ähnlich, aber das weißt du selbst.“

Lena klappte den halb geöffneten Mund wieder zu. Deswegen also Mutters gesteigertes Wissensbedürfnis nach Chris Scheibler.

„Eigentlich hatte ich mir ja hoch und heilig geschworen, die Finger von dir zu lassen“, setzte er seinen Bericht fort. „Es schadet meinem Ego enorm, mir von eineinhalb Metern Mädchen vor dem halben Dante-Gymnasium sagen zu lassen, daß ich abzischen soll.“

„Einsfünfundsechzig“, warf Lena ein, aber es klang eher schüchtern. Sie hatte längst eingesehen, wie abscheulich sie gewesen war.

„Giftige Einsfünfundsechzig“, fügte Chris hinzu. Er verzog das Gesicht. „Du bist vorhin an mir vorbeigestürmt mit deiner lieben Freundin Pepsi. Du hast durch mich hindurchgeguckt, als wäre ich Luft. Ich sagte mir, daß ich ein ziemlicher Idiot sein muß, wenn ich mich um ein Mädchen kümmere, das sich mit aller Gewalt selbst kaputtmachen will. Aber ich wollte trotzdem wissen, wohin ihr so eilig unterwegs wart.“

Lena fuhr sich nervös mit der Zungenspitze über die Lippen. „Du warst sicher sauer ...“

„Das kannst du laut sagen. Aber du kennst deine Mutter. Sie kann enorm überzeugend sein. Sie hält mich für deinen Freund. Sollte ich ihr ausgerechnet heute erzählen, daß du mich unausstehlich findest?“

„Hab’ ich nie gesagt!“ Lena kroch noch tiefer in die Polster.

Chris tat, als habe er es nicht gehört. „Sie war ziemlich außer sich. Sie hatte Pepsi angerufen, und die hat behauptet, daß sie sich nach der Zeugnisverteilung von dir verabschiedet hätte. Du seist verzweifelt gewesen, und dann hat sie sogar noch eine geheimnisvolle Andeutung gemacht, daß sie hofft, daß dir nichts passiert ist.“

Lena ertappte sich bei dem innigen Wunsch, ihrer ehemaligen Freundin den Hals umdrehen zu wollen. Die eindeutige Geste ihrer Hände entlockte Chris ein zustimmendes Grinsen.

„Ganz meine Meinung! Ums kurz zu machen, es ist mir gelungen, deine Mutter ein bißchen zu beruhigen. Sie hat versprochen, auf meinen Anruf zu warten und bis dahin nichts zu unternehmen. Weder Brandtelegramme an deinen Vater in New York noch Vermißtenanzeigen bei der Polizei. Deswegen die Telefonzelle. Wir sollten sie besser nicht länger auf die Folter spannen.“

Lena fehlten die Worte. Allmählich ging ihr der vollständige Umfang von Chris’ spontaner Rettungsaktion auf.

„Spitze!“ murmelte sie beeindruckt. „Aber wie bist du auf die Hütte am Steinsee gekommen?“

„Du vergißt, daß ich das zweifelhafte Vergnügen hatte, von der Fünften bis zur Zehnten mit Bastian Siebold in eine Klasse zu gehen. Die hat er nämlich auch schon zweimal gemacht, unser kleiner Einstein. Zu seinen Partys lädt er zu gerne alte Klassenkameraden ein. Kontaktpflege, weißt du. Im letzten Sommer war ich neugierig genug, mal eine Fete am Steinsee zu besuchen, daher kannte ich den Platz. Nicht mein Fall, die Veranstaltung, das darfst du mir glauben. Siebold, der sich ein Bier nach dem anderen hinter die Binde gegossen hat, und Mädchen, die zu ihm und seinem Fanclub passen.“

„Hast du meiner Mutter davon erzählt?“

Chris sah konzentriert geradeaus. „*Ich* bin nicht rachsüchtig!“

Lena hätte gern die Hand auf seinen Arm gelegt. Eine kleine vertraute Geste. Weil sie keinen Mut dazu hatte, stellte sie einfach die Frage, die ihr als erstes durch den Kopf ging.

„War Pepsi damals auch dabei?“

„Und ob!“ Chris verdrehte die Augen. „Mann, die kann vielleicht hartnäckig sein, wenn sie sich etwas in den Kopf gesetzt hat.“

Lena horchte alarmiert auf. „Wie meinst du das?“

Chris sträubte sich. „Hör mal, es ist nicht meine Art, über Mädchen zu tratschen. Sie hat einfach normale Höflichkeit für Interesse gehalten. Ein Irrtum.“

Das klang nach einer Abfuhr, die vermutlich noch immer an Pepsis Stolz nagte. Eine Niederlage, die einige Fragen beantwortete. Also doch Eifersucht! Daß ausgerechnet Lena Dominick dort Erfolg hatte, wo Pepsi Maiberger gescheitert war, hatte die nie besonders enge Freundschaft in blanken Haß verwandelt, ohne daß sie selbst es in ihrer Harmlosigkeit begriffen hatte.

Lena warf Chris einen schnellen Blick zu. Er sah nicht danach aus, als wolle er ausführlicher darüber reden. Sie akzeptierte es. Jetzt gab es auch wirklich dringendere Probleme.

„Hast du eine Ahnung, wo die nächste Telefonzelle ist?"

„An der S-Bahn-Station."

Es klang sehr kühl. Lena schluckte. Ob sich Chris auch Vorwürfe machte, daß er nicht schneller geschaltet hatte, als sie mit Pepsi verschwand?

„Was hättest du schon tun können?" sagte sie leise. „Ich war mehr als ekelig zu dir, und daß ich außerdem dämlich genug sein würde, ohne Vollnarkose in Bastian Siebolds Auto zu steigen, konntest du nicht ahnen."

„Wow! Tschingderassabäng!"

Lena warf ihm einen verständnislosen Blick zu. Was bedeutete der Blödsinn?

„Das, Fräulein Dominick, ist ein rasselnder Tusch zu deinen Ehren gewesen."

Lena spürte, daß ihr Gesicht heiß wurde. Warum hatte eigentlich noch niemand ein Make-up erfunden, unter dem es unsichtbar blieb, daß man rot anlief?

„Du machst dich über mich lustig", wehrte sie sich enttäuscht.

„Im Gegenteil! Weißt du, daß es das erste Mal ist, seit wir uns kennen, daß du die Schuld für das, was dir passiert ist, nicht mehr bei anderen suchst? Ständig hast du bisher aller Welt den Schwarzen Peter zugeschoben. Daß ich diesen Tag noch erleben darf ..."

„Sagte das Krokodil und fraß den Zoobesucher!"

Lena verbarg ihre Verlegenheit hinter einem albernen Spruch. Trotzdem freute sie sich über Chris' Anerkennung. Bewunderung von ihm tat dem beschädigten Lena-Bild gut. Jedenfalls besser als Mitleid.

Sie sah, daß Chris den Blinker setzte, um zum Bahnhof abzubiegen. Dort stand die Telefonzelle. Sie mußten den Gegenverkehr abwarten. Darunter war ein total überfüllter bunter R4. Auf die schnelle konnte Lena gar nicht alle Köpfe hinter den Scheiben zählen. Sie hatte nur den Fahrer erkannt. Bastian Siebold. Alle Farbe wich aus ihrem Gesicht. Sie schlug eine Hand vor den Mund, und von einer Sekunde zur anderen wurde ihr schlecht.

„Die ... die ... wollen zu mir ...", wisperte sie durch die zitternden Finger auf ihren Lippen.

Chris stoppte vor der Telefonzelle und stellte den Motor ab. Er öffnete seinen Gurt, drehte sich zur Seite und faßte Lena an beiden Schultern. Er rüttelte sie sanft. „Hey, nur die Ruhe! Alles in Ordnung. Ich pass' schon auf dich auf! Jede Wette, daß Bastian nach diesem zweiten Reinfall bei seinem Fanclub unten durch ist. Er wird sich hüten, dir jemals wieder etwas zu tun. Er hat ja keine Ahnung, wer dich befreit hat und welche Beweise du gegen ihn in der Hand hast!"

Ihre Blicke trafen sich. Lenas Entsetzen schwand unter seinem Blick, machte etwas Neuem, Unbekanntem Platz. Bastian, Pepsi, die Schule, das Zeugnis, alles wurde davon ausgelöscht. Es verschwand wie Kreide unter einem Tafelschwamm. Was blieb, war schwer zu beschreiben.

„Warum ..." Lena brach ab, räusperte sich und versuchte, die Worte besser zu ordnen. „Ich meine, es ist mir ein Rätsel, warum du das alles für mich tust. Die ... die ganze Zeit habe ich gedacht, du hältst mich für einen Sozialfall. Du willst vielleicht so was wie Seelendoktor studieren und verwendest mich als Studienobjekt!"

Chris ließ sie los, als habe er sich verbrannt. Lena wußte nicht, ob er verblüfft, wütend oder befangen war. Aber irgendwie tat es ihr leid, seine Hände nicht mehr auf ihrer Haut zu spüren.

„Auf die naheliegende Idee, daß du mir gefällst, bist du nicht gekommen, was?"

„Iiich?" Lena fiel aus allen Wolken.

„Findest du das bescheuert? Ist es wohl auch. Vor allem, dir so hartnäckig hinterherzulaufen. Es mußte ja schiefgehen ..."

„Du bist mir nachgelaufen?"

„Witzig, was? Möchtest du nicht telefonieren? Hier sind Groschen ..."

Er drückte ihr fühlbar verlegen ein paar Münzen in die Hand und deutete auf den Riegel der Beifahrertür. Lena zögerte, dann stieg sie aus. Er hatte recht, erst mußte sie ihre Mutter beruhigen.

Während sie darauf wartete, daß Rena Dominick den Hörer abnahm, versuchte sie durch die spiegelnden Glasscheiben von Zelle und Auto Christians Gesicht zu beobachten. Schwierig. Ein Umriß, der seine Brille putzte. Mindestens doppelt so schwer war es, ihre Gefühle für ihn freizulegen. Sie hatte sie ganz tief, im hintersten Herzwinkel, vergraben. Unter dem Motto: Bloß nicht auspacken, sonst droht überflüssiger Kummer. Liebeskummer?

Zwei Lenas standen in der engen, stickigen Telefonzelle. Eine, die sich wortreich bei ihrer Mutter für die eigene Dummheit entschuldigte und versprach, sofort nach Hause zu kommen. Eine andere, die sich vorsichtig an die verschiedenen Begegnungen mit Chris erinnerte. Er hatte sich nach und nach in ihren Gedanken breitgemacht, Aufmerksamkeit gefordert, Herzklopfen verursacht.

„Er ist wirklich nett, dein Chris“, sagte Rena Dominick in diesem Augenblick, und die beiden getrennten Lenas verschmolzen schlagartig wieder zu einer einzigen. „Ich bin froh für dich, daß du einen Freund hast, der dich nicht im Stich läßt!“

Dieses Mal sparte sich Lena den Widerspruch. Auch Mütter durften manchmal recht haben. Sie lächelte, als sie wieder ins Auto kletterte.

„Na, alles okay? Was hat sie gesagt?“

Lena zog die Tür hinter sich zu und schaute Chris intensiv an. Tatsächlich, die Brille glänzte frisch geputzt. Deswegen sah sie auch so klar, daß er ihren Augen auswich.

„Jede Menge Grüße soll ich dir ausrichten. Garniert mit höchster mütterlicher Zufriedenheit. Sie findet, daß ich bei der Wahl meines Freundes geschickter vorgegangen bin als bei jeder Mathearbeit.“

„Ach ...“

Das hörte sich entmutigend flach an. Aber Lena fand, daß jemand, der einen so roten Kopf hatte, einfach lügen mußte, wenn er Gleichgültigkeit markierte. Sie setzte alles auf eine Karte, beugte sich blitzschnell zu ihm hinüber und küßte ihn auf den tief eingegrabenen Mundwinkel. So rasch, daß sie selbst kaum die Haut unter ihren

Lippen spürte, ehe sie sagte: „Ich bin da völlig ihrer Meinung."

Chris fuhr zusammen, als habe sie ihn unverhofft geohrfeigt. Kein Zweifel, unter seiner souveränen Fassade war er mindestens ebenso schüchtern und unsicher wie Lena.

„Danke", murmelte er abwesend. „Du mußt dich nicht opfern, um mir deine Dankbarkeit zu beweisen."

„Wir reden beide Blödsinn. Erst habe ich die ganze Zeit gemeint, du gibst dich aus Mitleid mit mir ab, und jetzt bist du an der Reihe. Bei mir stimmt es genausowenig. Ich ... es ... also ... ich hätte es gern, wenn du mein Freund wärst!"

In Lenas romantischen Träumen hatte sich die Szene immer ganz anders abgespielt. Ein Junge, der sie in den Arm nahm, der ihr „Ich liebe dich!" sagte und sie zärtlich küßte. Meistens war es dämmrig gewesen, und im Hintergrund erklang ihr jeweiliger Lieblingssong.

Daß die S-Bahn vorbeizischte, Regenwolken bis auf die Lichtmasten hinunterhingen und sie selbst auch noch die Initiative ergreifen mußte, darauf wäre sie nie gekommen. Kein Wunder, daß sie das Geständnis ins Stottern brachte und ihr Gesicht feuerrot färbte. Nervös verzahnte sie ihre Finger miteinander.

Eine größere Hand legte sich darüber. Sie schaute darauf hinunter und spürte, daß sich Chris zu ihr herüberbeugte. Eigentlich hatte er sie ebenfalls auf den Mundwinkel küssen wollen, aber da sie genau in diesem Atemzug den Kopf drehte, traf er den Mund.

Lena hielt andächtig still. Überrascht und mit einer Herzschlagfrequenz, die alles bisher Dagewesene übertraf. Die Wirklichkeit war ja viel schöner als alle Träume! In den Träumen hatte sie nie dieses Kribbeln verspürt, das bis in die Zehenspitzen hinunterrannte.

„Meinst du das ernst?“ wisperte sie und wagte endlich die vorsichtige Berührung, für die sie eben zu schüchtern gewesen war.

„Sehr ernst!“ bestätigte Christian ein bißchen heiser und legte die Arme um sie.

Lena kuschelte sich ganz eng an ihn und bohrte ihr Gesicht in die Mulde zwischen seiner Schulter und dem warmen Hals. Es fühlte sich an, als würde sie schon lange genau dort hingehören. Schön war es. Einfach unbeschreiblich schön.

„Komisch“, sagte Chris später, als sie weiterfuhren. „Ich habe von Anfang an gewußt, daß du gar nicht so zickig sein kannst, wie du dich gibst. Irgendwie war mir klar, daß etwas Besonderes in dir steckt. Du bist mir vorgekommen wie eine Schlange, die sich erst noch ein paar Mal häuten muß, bis die Original-Lena am Schluß zum Vorschein kommt!“

Lena richtete sich in gespielter Empörung auf und drohte ihm mit der Faust. „Willst du damit sagen, daß ich in deinen Augen ein entwicklungsbedürftiges Reptil bin?“

Christian nahm eine Hand vom Steuer und berührte sanft ihre Wange. Eine kurze Zärtlichkeit, die Lena trotzdem bis in das letzte Haarwürzelchen spürte.

„Ich will damit sagen, daß ich dich mag, so wie du jetzt bist. Ganz einfach Lena.“ Er grinste. „Mit den dicken Rußstreifen neben den Augen, den Haaren, die mal gekämmt werden müssen, und der Nase, die du immer so deutlich rümpfst, wenn dir was nicht paßt!“

Keine besonders romantische Liebeserklärung. Aber Lena lächelte verträumt. Die Bilanz fiel ihr ein, die sie während ihres Abenteuers am Steinsee gezogen hatte. Ein letzter Punkt auf der Habenseite fehlte. Ein dicker roter Punkt in Herzform. Chris Scheibler!

Der erste Lichtblick nach dem Zwischentief.

# 15

Das Dante-Gymnasium bereitete sich auf den Ferienschlaf vor. Die Vorhänge im Chemiesaal waren schon geschlossen, der Pausenkiosk ausgeräumt. Aufbruchstimmung lag in der Luft. Der letzte Tag vor den großen Ferien.

Chris Scheibler, der seinen Roller beim Fahrradkeller aufgebockt hatte, hockte auf der Mauer. Die beiden Helme lagen neben ihm im Schatten. Ab und zu warf er einen Blick auf seine Armbanduhr.

Ein komisches Gefühl, hier draußen zu sein. Das Abiturzeugnis längst in der Tasche, die Gewißheit, höchstens zu Besuch durch die Gänge zu laufen, in denen er neun Jahre lang seine Sohlen abgetreten hatte.

Meine Güte, die ließen sich aber Zeit mit der Zeugnisausgabe. Als ob es niemanden gäbe, der sich hier die Fingernägel abknabberte. Eine Wespe surrte um seine Nase, und er schlug ungeduldig nach ihr. Er putzte gerade zum fünften Mal seine Brille, als endlich das erlösende Klingelzeichen ertönte.

Startzeichen, der Penne den Rücken zu kehren. Wie eine wilde Herde trampelte das Dante-Gymnasium von Klasse fünf bis zwölf an Chris vorbei. Lena war nicht darunter. Wo blieb sie eigentlich?

Nervös sprang er von der Mauer und begann eine unruhige Wanderung zwischen Treppe und Fahrradkeller, als ihm jemand von hinten auf die Schulter tippte. Er wußte auf Anhieb, wer es war. Seine Nase sagte es ihm. Der leichte Blumenduft, der aus Lenas frisch gewaschenen Haaren aufstieg, hatte sich auch in ihrem Motorradhelm festgesetzt. Ein ständiger Beweis dafür, daß sie wirklich zu ihm gehörte. Manchmal, wenn sie nicht bei ihm war, schnupperte er heimlich daran.

„Ich finde es nicht sehr schmeichelhaft, daß du nicht wie von der Tarantel gestochen auf dem Absatz herumfährst und aufgeregt schreist: Nun? Was ist? Wie sieht es aus!"

Christian betrachtete Lena prüfend. Sah so ein Mädchen aus, das seine Versetzung geschafft hatte? Lena trug buntgemusterte Radlerhosen und ein großes hellgrünes T-Shirt. Die Locken hielt ein buntes Haarband aus der Stirn. Die Augen waren dummerweise hinter einer riesigen Sonnenbrille versteckt.

Die Sonnenbrille war schuld an seinem Zögern. Auch wenn Lena noch so lässig tat, ihre Augen verrieten sie meistens. Mittlerweile kannte er sie so gut, daß er in ihnen lesen konnte. Kein Wunder, nach den fünf wunderschönen Monaten mit Lena.

„Also: Was ist? Wie sieht es aus?"

Lena nahm endlich die verspiegelte Brille ab. Ihre Augen strahlten. „Optimal! Gewonnen! Eine sensationelle Drei in Mathe und eine Vier in Englisch!"

„Ich hab's gewußt! Gratuliere!" Chris packte sie an den Hüften, hob sie in die Luft, drehte sich mit ihr einmal um sich selbst und küßte sie nachdrücklich mitten auf den Mund. Atemlos lachend kam Lena wieder auf den Boden.

„Aha! Das erklärt natürlich einiges", sagte in diesem Moment eine amüsierte Stimme. „Und ich war schon knapp davor, an Wunder zu glauben!"

„Dr. Spange!" Lena befreite sich aus Christians Armen.

Normalerweise sah der verehrte Lehrkörper Schmusereien auf dem Schulgelände ungern.

Dr. Spange lächelte. Er war schmaler geworden nach seinem Unfall, ging noch mit einem Stock, aber er war wieder gesund genug, um Studienrat Herringer abzulösen. Die letzte Schulaufgabe vor den Ferien hatte Lena schon wieder unter seiner Leitung geschrieben. Sehr erfolgreich sogar. Jetzt wußte er, warum.

„Wie raffiniert von dir, die Nummer eins des Leistungskurses Mathematik zum Nachhilfepauker zu wählen, Lena. Chris hatte schon immer besonderes Talent dafür, schwierige Zusammenhänge einfach zu erklären. Wie steht's mit deinem Studienplatz, Chris, alles in Ordnung?"

Der Gefragte nickte. „Meine Mutter ist heilfroh, daß ich in der Stadt bleibe und mich nicht irgendwo anders eingeschrieben habe!"

Dr. Spange sah scheinbar zufällig zu Lena. „Nur deine Mutter?" wiederholte er vielsagend und lächelte. Ehe Lena noch einmal rot werden konnte, verabschiedete er sich jedoch schon. „Macht's gut, ihr zwei. Schöne Ferien!"

Lena und Chris sahen sich aufatmend an.

„Jetzt wird gefeiert!" verkündete Lena. „Ich bin wild entschlossen, das größte Eis zu essen, das wir in der ganzen Stadt auftreiben können!"

„Ich lade dich ein!" Chris reichte ihr den Helm und setzte den seinen auf. „Weißt du eigentlich, wen ich vorhin getroffen habe, als ich losfuhr, um dich abzuholen?"

„Keine Ahnung."

„Deine verehrte Regierung. Mutter und Vater Dominick in trautem Plausche aus der Kanzlei ihres Anwaltes tretend."

„Mitten am Vormittag?" Lena kämpfte mit dem Helmvisier und runzelte die Stirn. „Eigenartig ..."

„Sie machten einen ganz fröhlichen Eindruck. Es sah aus, als wollten sie irgendwas feiern. Ist was im Busch bei euch?"

„Nicht daß ich wüßte ..." Lena brach mitten im Satz ab. Seit Wochen hatte sie nicht mehr an die Scheidung gedacht. Jetzt fiel ihr etwas ein. „Moment mal. Ende des Sommers läuft das Trennungsjahr ab. Sie werden sich vermutlich wegen des Gerichtstermines getroffen haben."

„Ich hätte nie gedacht, daß Leute, die sich scheiden lassen wollen, so fröhlich ausschauen", wunderte sich Christian. „Bist du sicher, daß sie ihre Meinung nicht geändert haben?"

Lena zog die Unterlippe nachdenklich zwischen die Zähne. „Keine Ahnung ..."

„Aber seit dein Vater wieder aus Amerika zurück ist, steckt er doch ständig bei euch."

„Vielleicht gefällt ihm die Rolle als Freund des Hauses?" mutmaßte Lena. „Ich kann mir auf jeden Fall nicht vorstellen, daß Mami wieder Hausmütterchen spielen möchte. Würde auch gar nicht mehr zu ihr passen ..."

Lena rechnete es ihrer Mutter hoch an, daß sie ihre dramatische Einlage nach der Zeugnisverteilung für sich behalten hatte. Rena Dominick war es auch gewesen, die den Vater beruhigte, als er sich über die Noten aufregte. Ein Glück, daß es Lena gelungen war, dieses Vertrauen letztendlich zu rechtfertigen.

Sie würde nie vergessen, wie ihre Mutter sie am Abend

nach dem mißglückten Abenteuer in die Arme genommen hatte. „Keine Entschuldigungen, Lena. Laß uns neu anfangen, einverstanden?“ Ein Entschluß, der viel leichter in die Tat umzusetzen gewesen war, als sie je gedacht hatte.

„Hättest du lieber, wenn sie die Scheidung abblasen und zusammenbleiben?“

Vor einem knappen Jahr noch hätte Lena diese Frage mit einem todsicheren „Ja“ beantwortet. Jetzt ließ sie sich lange Zeit mit ihrer Antwort. Soviel hatte sich verändert in den vergangenen Monaten. Nicht nur sie selbst, auch Dad und Mami.

„Ehrlich gesagt, ich weiß es nicht“, meinte Lena nachdenklich. „Sie werden schon selbst entscheiden müssen, ob sie miteinander leben wollen. Ich habe beide sehr lieb, aber von ihrer Ehe habe ich im Grunde nie eine Ahnung gehabt. So oder so werde ich akzeptieren müssen, was sie daraus machen. Findest du nicht auch?“

Christian klappte ihr Helmvisier noch einmal hoch und küßte sie auf die Nasenspitze.

„Ich finde, daß du dich zu einem bemerkenswert vernünftigen Kind gemausert hast, Lena Dominick. Man kann richtig stolz auf dich sein.“

Lena pustete empört. „Du redest wirklich wie meine Mutter.“

Christian grinste und warf den Motor an. Lena schlang die Arme um seine Hüften und legte den Kopf an seine Schulter. Im Grunde ihres Herzens freute sie sich über sein Lob.

Er wollte gerade losfahren, als ihr noch etwas einfiel. Sie tippte erneut auf seine Schulter.

„Du, übrigens ... Möchtest du die heißeste Neuigkeit des Dante-Gymnasiums erfahren?“

„Leg schon los. Hat sich dein Freund Herringer am Taschenrechner den Finger verstaucht?“

„Haha! Pepsi ist durchgerasselt, aber mit dem Blitzstart in die Reihen des Jet-set ist's Essig! Vater Maiberger hat beschlossen, daß seine allzu faule Tochter nach den Ferien auf ein privates Internat am Bodensee kommt. Kostet ein Wahnsinnsgeld, aber sie kann dort die Klasse wiederholen und wird nach der Zehnten einen Abschluß machen müssen, damit sie nicht ohne jedes Zeugnis dasteht. Nix mit Rom, Paris und Nizza! Die Playboys von der Côte d'Azur bis Kalifornien müssen auf Pepsi Maiberger noch ein bißchen länger warten! Ganz davon zu schweigen, daß auch unser gemeinsamer Freund Bastian Siebold den Abschied vom Dante-Gymnasium nehmen muß. Ein drittes Mal Wiederholen sieht die Schulordnung nicht vor.“

Chris lachte laut. „Weißt du, manchmal ist das Leben trotz allem fair, oder?“

Doch – genau das fand Lena auch!

## *Für junge Leute*

Veronica Hazelhoff

# Nachtschatten

Es ist wirklich nicht einfach, die Schwester eines neuentdeckten Filmstars zu sein. Alles dreht sich nur noch um Stella. Und überall begegnet die 16jährige Leen ihrer älteren Schwester, in der Stadt auf Plakaten, im Fernsehen und sogar in der Klatschpresse. Das Telefon klingelt unerbittlich, und die Wohnung gleicht einem Taubenschlag. Nicht nur Filmproduzenten und Journalisten interessieren sich für Stella, auch ihre Fans fordern rücksichtslos Autogramme. Sogar anonyme Anrufe muß sich die Familie gefallen lassen ...

Als Hauptdarstellerin hat Stella jetzt Verpflichtungen. Außerdem erregt der Film großes Aufsehen. Und wider alles Erwarten wird er als einer der besten niederländischen Filme für die jährliche Preisverleihung nominiert.

Die Eltern sind besorgt. Was soll aus Stella werden? Ihre Abschlußprüfung steht bevor. Andererseits gibt es ein neues Filmangebot von einem bekannten Regisseur.

Auch Stellas Freund Remco, der Maler werden will, scheint mit der neuen Situation nur schwer zurechtzukommen. Plötzlich hat die Schwester Leen mehr Zeit für ihn als Stella. Und Leen spürt, daß sie die Jungs nur noch umschwärmen, weil ihre Schwester eine Berühmtheit ist.

Doch Stella zieht sich zurück. Das alles scheint sie nicht zu berühren ...

## *Für junge Leute*

Joraine Löhr

# Ananda

Vier Jahre lang haben die Engels um ihre Adoptivtochter kämpfen müssen. Es wurden Gutachten erstellt, Tests gemacht, Gespräche geführt. Und jetzt ist es soweit: Die 13jährige Ananda aus Indien kommt für immer nach Deutschland. Maria und Albert Engel sind überglücklich.

Doch die ersten Monate in ihrer neuen Heimat sind hart für Ananda. Bald stellt sich heraus, daß die Umstellung ihr viel schwerer fällt, als die Engels zunächst gehofft haben. Und da sind vor allem die Schwierigkeiten mit dem 15jährigen Josh: Er sträubt sich gegen die neue Schwester. Vom ersten Tag an versucht er, ihr das Leben schwerzumachen. Er kann mit dem fremden Mädchen, das in einer so fernen Welt aufgewachsen ist, nichts anfangen. Die Situation spitzt sich zu, als Josh sich zu einem üblen Trick hinreißen läßt, um Ananda vor seinen Freunden bloßzustellen. Ananda ist verzweifelt und reißt aus ...